MINI BOOK
CLOUD
LIBRARY
21

오 헨리 단편선

**The Selected
Stories
O. Henry**

오 헨리 지음

안영준 옮김

생각뿔

차례

크리스마스 선물

1달러 87센트. 딱 그 정도가 전부였다. 게다가 60센트는 전부 1센트짜리 동전이었다. 잡화점이나 채소 가게, 푸줏간에서 끈질기게 흥정하고 짠순이라는 별명까지 들어 가며 한두 푼씩 모은 동전이었다. 그녀는 그러한 자신의 행동이 예의 없다고 느껴지면 얼굴이 뜨거워지고는 했다. 델라는 세 번이나 다시 세어 보았다. 여전히 1달러 87센트였고, 내일은 크리스마스였다.

그녀가 할 수 있는 일은 낡은 침대에 엎드려 우는 것밖에 없었다. 그렇게 델라는 하염없이 눈물을 흘렸다. 어차피 인생은 우는 일과 웃는 일의 연속과도 같다지만, 자신의 인생은 유난스럽게도 눈물 흘리는 일만 많다고 느껴졌다.

이 집 안주인의 눈물 바람이 서서히 멈추면서 훌쩍이는 소리로 바뀌었다. 그러는 동안 우리는 이 집을 구경해 보도록 하자. 이 아파트는 가구를 포함해 일주일에 8달러를 내면 되는 싸구려였다. 사람이 살 수 없을 정도는 아니었지만, 갑자기 부랑자 단속반이 들이닥친다 해도 이상하다고 생각할 수 없는 집이었다.

아래층 현관에는 한 번도 사용한 적이 없는 편지함이 있었고, 초인종은 아무리 눌러도 소리가 나지 않았다. 그리고 우편함에는 '제임스 딜링함 영'이라는 이름이 적힌 문패가 있었다.

이 문패는 이름의 주인이 주당 30달러를 벌던 때는 약한 바람에도 크게 움직이는 것 같았다. 주급이 20달러로 줄어든 지금은 조금 더 겸손하게 'D'로 줄여 쓰는 게 더 어울릴 것만 같다. 하지만 제임스 딜링함 영에게는 그를 '짐'이라고 부르며 늘 퇴근 때마다 꼭 안아 주는 아내가 있었다. 앞서 설명했던 델라였다. 그것은 무척 다행인 일이었다.

델라는 눈물을 멈추고 낡은 분첩을 꺼내 자신의 뺨을 두드리기 시작했다. 그런 후 그녀는 창가에 서서 회색 고양이가 헛헛한 뒷마당을 지나 탁한 회색빛 담장 위를 걸어가는 것을 힘없이 바라보았다. 당장 내일이 크리스마스였다. 하지만 그녀가 짐에게 선물을 사 줄 수 있는 돈이라고는 1달러 87센트밖에 없었다. 그것조차 여러 달 동안 알뜰하게 푼돈을 모은 것이었다.

주급을 받아 와도 일주일을 채 넘길 수 없었다. 지출은 언제나 그 이상이었고, 델라가 사랑하는 남편 짐에게 선물을 사 줄 수 있는 돈은 고작 1달러 87센트뿐이었다. 그녀는 남편에게 어떤 선물을 사 줄까 고민하며 오랜 시간 행복을 느꼈다. 모양새가 그럴싸하고 귀한 물건, 짐이 조금이라도 자랑스럽게 느낄 만한 선물을 주고 싶었다.

그의 방 창문들 사이에는 기다란 거울이 하나 걸려 있었다. 그 집과 딱 어울리는 거울이었고, 꽹장히 가냘픈 사람만이 민첩하게 몸을 욱여넣어 그 거울에 자신을 비춰 볼 수 있을 만한 크기였다. 델라는 매우 날씬했고, 이미 그 기술도 습득한 상태였다.

창밖에서 시선을 거둔 델라는 갑자기 몸을 돌려 거울 앞에 섰다. 그녀의 눈은 반짝였지만, 얼굴은 금세 어두워졌다. 그녀는 재빠르게 묶은 머리카락을 풀어 길게 늘어뜨렸다.

제임스 딜링함 영 부부에게는 큰 자랑거리가 두 가지 있었다. 하나는 할아버지 때부터 전해 내려온 짐의 금시계였고, 다른 하나는 델라의 긴 머리카락이었다. 만약 시바의 여왕이 그들의 앞집에 살고 있었더라면, 델라가 머리카락을 말리기 위해 창밖으로 머리카락을 길게 늘어뜨리는 순간, 여왕의 금은보석은 빛을 잃고 말았을지도 모른다. 짐의 금시계도 마찬

가지였다. 솔로몬 왕이 지하실에 보물을 잔뜩 쌓아 둔 아파트의 관리자였다면, 짐이 그곳을 오가며 금시계를 꺼낼 때마다 샘이 나서 애꿎은 자기 수염만 수도 없이 만졌을 것이다.

바로 그런 머리카락이었다. 델라의 머리카락은 갈색 폭포처럼 반짝이며 물결치는 듯 무릎 정도까지 내려와 마치 어떤 옷을 걸치고 있는 것처럼 보였다. 이내 그녀는 자신의 머리카락을 급하게 매만져 올렸다. 순간 그녀는 중심을 잃고 비틀거렸다. 그러고는 오래된 붉은 카펫 위로 눈물을 떨어뜨렸다.

델라는 낡은 갈색 외투를 입고 모자를 썼다. 여전히 눈에는 눈물이 맺혀 있었지만, 그녀는 거리로 나섰다. 치맛자락을 펄럭이며 그녀가 멈춘 곳은 '마담 소프로니 상점. 각종 모발용품 취급'이라고 적힌 간판 앞이었다. 델라는 계단을 단숨에 뛰어올랐다. 그녀는 숨을 거세게 몰아쉬며 마음을 진정시켰다. 몸집이 크고 피부가 하얀 마담은 '소프로니'라는 이름과 다르게 어딘가 쌀쌀맞아 보였다.

"제 머리카락을 사실래요?"

델라가 말했다.

"글쎄요."

마담은 무관심하게 말했다.

"우선 머리카락 상태를 볼게요. 모자를 벗어 보세요."

델라의 갈색 머리카락은 폭포처럼 길게, 아래로 떨어졌다.

"20달러 드릴 수 있어요."

마담은 익숙하다는 듯 그녀의 머리채를 들어 올리며 말했다.

"그럼 빨리 잘라 주세요."

델라는 마담의 흥정에 수긍했다.

놀라운 일이겠지만, 어두운 상황과는 다르게 그 후 두 시간은 장밋빛 날개에 올라탄 것처럼 쏜살같이 흘러갔다. 그녀는 짐에게 줄 선물을 찾기 위해 동네의 가게를 모두 뒤졌다. 그러다가 드디어 선물을 찾았다. 그 물건은 오로지 짐을 위해서 만들어진 것처럼 보였다. 그녀는 많은 가게를 돌아다녀 봤지만, 그 어떤 가게에서도 이렇게 훌륭한 물건을 본 적이 없었다.

그 물건은 단조로운 모양의 우아한 백금 시곗줄이었다. 명품이 그러하듯 화려한 장식 없이도 훌륭한 물건인 게 티가 났다. 그 시곗줄은 짐의 시계와 흠잡을 데 없이 어울릴 것 같았고, 그러면 그 둘이 빛을 내리라고 믿었다. 그녀는 그 시곗줄을 보자마자 짐의 것이라고 생각했다. 남편과 닮은 물건이었다. 점잖으면서 품격이 느껴진다는 표현만으로도 그 둘을 묶을 수 있었다. 그녀는 21달러를 내고 나서 나머지 87센트를 들고 서둘러 집으로 향했다. 이 시곗줄을 시계에 엮으면 짐은 어느 자리에서든 마음 편히 시계를 꺼내 볼 수 있을 것이었다. 그의 시계는 훌륭했지만 시곗줄이 없어서 낡은 가죽끈을 매달고 있었다. 그래서 그는 남몰래 시계를 꺼내서 보곤 했다.

집에 도착한 델라는 흥분했던 마음을 진정시켰다. 그녀는 머리카락 모양을 잡아 주는 인두를 꺼내서 보기 흉하게 깎여 나간 짧은 머리카락을 손질하기 시작했다. 오로지 남편을 향한 사랑으로 해낸 일이었다. 이런 상황은 누구라도 예상할 수 있듯이 감당하기 힘겨운 일이다.

40분 정도가 지나자, 그녀의 머리는 개구쟁이 소년처럼 짧은 곱슬머리로 변했다. 그녀는 거울에 비친 자신의 모습을 오랫동안 찬찬히 살폈다.

"만약 짐이 나를 용서해 주고 바라봐 준다면……."

그녀는 혼자 중얼거렸다.

"아마 짐은 코니아일랜드 합창단 단원 같다고 말할지도 몰라. 하지만 어쩔 수 없는 일이었어. 고작 1달러 87센트로는 아무것도 살 수 없잖아!"

7시가 되었다. 델라는 이미 저녁 식사 준비를 끝냈다. 그녀는 커피를 끓인 후 난로 위에 프라이팬을 올려 미리 달궜다. 이제 고기를 굽기만 하면 되었다.

짐은 늦는 법이 없었다. 델라는 시곗줄을 손에 꼭 쥐고 남편이 들어오는 문 근처에 있는 식탁 모퉁이에 앉아서 그를 기다렸다. 잠시 후 아래층에서 계단을 밟는 소리가 들려왔다. 남편이었다. 잠깐 그녀의 얼굴이 창백하게 변했다. 그녀는 사소한 일이 생겨도 마음속으로 기도하는 습관이 있었는데, 지금이 바로 그 순간이었다. '하느님, 제발 남편이 저를 보고 여전히 예쁘다고 생각하게 도와주세요.' 그녀는 간절하게 기도했다.

문이 열리고 짐이 들어왔다. 그리고 문이 닫혔다. 그의 얼굴은 야위었고 근심이 가득해 보였다. 고작 스물두 살밖에 안된 그가 한 집안을 책임지는 가장의 역할을 해야 했으니 얼마나 안쓰러운 일인가! 그의 외투는 낡았고, 게다가 장갑도 없는 맨손이었다.

짐은 문 앞에 서서 먹이를 노리는 사냥개처럼 꼼짝도 하지 않았다. 그는 델라를 뚫어지게 바라보았고, 그녀는 그의 눈에 담긴 감정을 읽을 수가 없었다. 그것이 그녀를 더욱더 두렵게 만들었다. 분노나 놀라움, 실망이나 공포가 아닌 읽을 수 없는 감정은 그녀가 예상할 수 없는 일이었다. 그는 그저 알아차릴 수 없는 표정으로 그녀를 응시했다.

델라는 머뭇거리며 식탁에서 일어나 그에게 다가갔다.

"여보."

그녀는 울고 있었다.

"그런 눈으로 바라보지 말아요. 당신에게 선물하지 않고

서는 크리스마스를 보낼 자신이 없었어요. 그래서 머리카락을 잘라서 팔아 버렸어요. 머리카락은 곧 자랄 거예요. 괜찮지요? 정말 다른 방법이 없었어요. 제 머리카락은 놀랄 정도로 빨리 자라요. 그러니까, 여보. '메리 크리스마스'라고 말하고 오늘을 기분 좋게 보내기로 해요. 내가 얼마나 당신에게 어울리는 선물을 골랐는지 알아요?"

"머리카락을 잘랐다고?"

짐은 아무리 생각해도 눈 앞에 펼쳐진 현실을 이해할 수 없다는 듯 힘겹게 물었다.

"네, 잘라서 팔았어요."

델라가 말했다.

"그래도 저에 대한 사랑은 변하지 않는 거지요? 머리카락이 없어도 저는 그대로예요. 그렇지 않나요?"

짐은 믿을 수 없다는 듯 방을 두리번거렸다.

"그러니까 이제는 머리카락이 없다는 거지?"

그가 바보처럼 중얼거렸다.

"찾아봐도 소용없어요. 팔아 버렸어요."

델라가 말했다.

"다시 한번 말하자면, 이제 영원히 사라진 거예요. 오늘은 크리스마스이브예요. 그러니까 화내지 말아요. 당신을 위해서 그런 거예요."

그녀는 다정하게 말을 이었다.

"이미 사라진 머리카락을 헤아리는 일은 가능하겠지만, 당신을 향한 제 마음은 그 누구도 헤아릴 수 없을 거예요. 짐, 이제 고기를 준비할까요?"

짐은 마치 혼수상태로 누워 있다가 갑자기 깨어난 사람 같았다. 그는 이내 정신을 차리고 아내를 끌어안았다.

잠시 이 이야기에서 벗어나 생각해 보자. 일주일에 8달러나 1년에 100만 달러나 차이가 있을까? 어떤 수학자나 현명한 사람도 옳은 답을 내놓지 못할 것이다. 동방 박사들이 가져온 귀한 선물 안에도 해답은 없다. 이 수수께끼에 대한 정답은 나중에 밝혀질 터였다.

짐은 외투 주머니에서 포장이 된 선물 상자를 꺼내서 식탁 위에 올려놓았다.

"절대 오해는 하지 말아 줘. 당신이 머리카락을 잘랐든 자르지 않았든 내 사랑은 조금도 식지 않을 거야. 이 선물을 풀어 보면 왜 내가 잠시 멍하게 있었는지 알게 될 거야."

델라는 흰 손가락으로 재빠르게 리본을 풀고 포장지를 뜯었다. 순간 기쁨의 소리가 터져 나왔다. 하지만 황홀한 그녀의 마음은 재빠르게 참을 수 없다는 듯 큰 울음소리로 바뀌었다. 이 집의 바깥주인은 온 마음을 다해 안주인을 위로할 수밖에 없었다.

상자 안에는 머리의 옆과 뒤에 꽂는 머리핀이 들어 있었다. 델라가 브로드웨이의 어느 가게 앞에서 흠모하듯 오랫동안 바라보던 아름다운 머리핀이었다. 진짜 가죽으로 만들어졌고 가장자리에는 보석이 박혀 있어서, 잘려 나간 델라의 물결 같은 머리카락에 꽂으면 잘 어울릴 만한 그런 핀이었다. 워낙 비싼 물건이었기 때문에 마음속으로만 바라던 그런 핀이었다. 바로 그 머리핀을 그녀가 가지게 된 것이다. 하지만 핀을 꽂아 돋보이게 할 머리카락은 사라지고 없었다.

그녀는 한참 동안 선물을 꼭 끌어안았다. 그러고는 눈물이 담긴 눈을 들고 웃으며 말했다.

"짐, 제 머리카락은 정말 빨리 자라요."

그러고 나서 델라는 꼬리에 불이 붙은 새끼 고양이처럼 벌떡 일어나서 "아, 아!" 하고 소리쳤다.

짐은 아직도 그녀가 준비한 멋진 선물을 보지 못했던 것이다. 그녀는 손바닥 위에 시곗줄을 올려놓고 그에게 내밀었다. 단조로운 디자인이지만 귀중한 빛을 내는 백금의 줄은 그녀의 마음과 같았다.

"정말 근사하지요? 온 시내를 뒤져서 찾은 시곗줄이에요. 이제 하루에도 수백 번은 시간을 확인하고 싶을 거예요. 시계를 이리 주세요. 이 시곗줄이 당신의 시계와 얼마나 잘 어울리는지 보고 싶어요."

그는 시계를 꺼내는 대신 소파 위에 주저앉았다. 그러고는 힘없이 미소를 지었다.

"여보."

그가 말했다.

"크리스마스 선물은 당분간 잊어버리기로 해. 지금 바로 사용하기에는 너무 좋은 물건 같아. 사실 당신의 머리핀을 사기 위해 시계를 팔아 버렸거든. 자, 이제 저녁을 준비하자."

모두가 알다시피 동방 박사들은 말구유에서 태어난 아기 예수에게 줄 선물들을 가져온 현명한 자들이었다. 그들은 현명하고 지혜롭게 선물을 골랐을 것이고, 혹시라도 그들 중 같은 선물이 있다 해도 교환할 수 있는 특권도 있었을 것이다. 어찌 되었든 나는 서로를 위해 각자의 보물을 팔아 버린, 싸구려 아파트에 사는 젊은 부부의 안쓰러운 이야기를 두서없이 늘어놓았다. 오늘날 현명한 사람들에게 전하고 싶은 말이 있다. 선물을 주고받는 사람들 가운데 이 젊은 부부만큼 현명한 사람은 없다는 것이다. 세상에서 이들보다 더 현명한 사람은 없다. 바로 이들이 동방 박사다.

경찰관과 찬송가

매디슨 광장 벤치에 누워 있던 소피는 불편한 듯 몸을 움직였다. 밤하늘 높은 곳에서 기러기 떼가 울고, 아내들은 모피 외투에 욕심을 내며 자기 남편들에게 온갖 친절을 베풀고, 공원 벤치에 누운 소피가 수심에 가득 차 잠들지 못할 때면 겨울이 코앞에 다가온 것이다.

낙엽 하나가 소피의 무릎 위에 떨어졌다. 겨울의 장군 잭 프로스트의 명함과도 같았다. 매해 잭 프로스트는 매디슨 광장에 자리를 깐 사람들에게 겨울이 온다는 것을 친절하게 알렸다. 그는 사거리 모퉁이에서 모든 사람의 저택과 같은 공원의 하인인 북쪽 바람에 자신의 명함을 맡겨 날리며, 광장에서 생활하는 사람들에게 겨울을 준비하라는 예고장을 보내는 것이다.

소피는 겨울에 대비해서 단독으로 세입위원회 의원을 해야 할 시기가 왔음을 깨달았다. 그는 벤치에 누웠지만 잠들지 못하고 몸만 뒤척이고 있었다.

소피의 겨울나기는 그리 대단치 않았다. 유람선을 타고 지중해로 여행을 떠난다거나, 따뜻한 남쪽으로 떠나 잠자며 느긋함을 즐기는 일이라거나, 베수비오 만을 유람한다는 생각은 전혀 하지 않았다. 소피는 그저 감옥이 있는 섬으로 떠나서 지내기를 원했다. 석 달 동안 마음이 통하는 친구들과 함께 먹고 자면서, 한파를 겪지 않고 경찰관에게 단속당하는 일 없이 지내는 게 소피의 소망이었다.

그는 수년 동안 대접이 괜찮은 블랙웰 섬의 교도소에서 겨울을 보냈다. 뉴욕 사람들은 겨울이 다가오면 팜비치나 리비에라로 향하는 차표를 사느라 분주했고, 소피는 추위를 피해 섬으로 떠나려고 소박한 준비를 해야만 했다. 이제 그때가 온 것이다. 간밤에 그는 광장의 오래된 분수대 옆에 있는 벤치에 누워 일요 신문 세 장을 외투 안쪽과 발목과 무릎에까지 덮었다. 이렇게 해도 몸 안쪽까지 스며드는 한기를 피할 수 없었다. 그러자 그 섬으로 가고 싶다는 생각이 희미하게 떠올랐다. 그는 자선 사업이라는 이름으로 도시의 극빈자들에게 베풀어지는 일들을 끔찍하게 생각했다. 소피는 자선 사업보다는 법이 훨씬 더 자비롭다고 여겼다. 간단한 숙식을 해결하는 것은 시나 일반 자선 단체에서 운영하는 구호 시설에서 해결할 수 있었다. 하지만 자선 사업은 소피의 자존심에 금이 가는 일이었다. 그에 대한 대가로 정신적으로 힘든 굴욕적인 상황들을 참아 내야 했던 것이다. 시설에서 하룻밤을 자기 위해서는 카이사르에게 브루투스가 따르듯이 목욕을 반드시 해야 했고, 빵 한 조각을 먹으려고 할 때면 지극히 개인적인 질문에 대답해야 했다. 감옥과 같은 법의 보호 아래 있는 것은 어떤 제재를 받을 수밖에 없다지만, 개인사를 침해받지 않아서 차라리 더 나았다.

소피는 섬으로 가기로 하고는 곧바로 행동했다. 방법은 많았고 어렵지도 않은 일들이었다. 그중 가장 괜찮은 방법은 고급 식당에서 비싼 음식을 먹은 뒤에 돈이 없다고 말하고는 순순히 경찰관에게 인도되는 것이었다. 그러면 친절한 즉결 재판소 판사가 소피를 섬으로 보내 주는 방식이었다.

소피는 벤치에서 일어나서 공원을 벗어났다. 그는 브로드웨이와 5번가가 만나는 넓은 아스팔트 평지로 나와 브로드웨이 쪽으로 몸을 돌리고는 화려한 레스토랑 앞에서 멈췄다. 그 레스토랑은 상류층 사람들이 최고급 와인과 요리를 즐기는 곳이었다.

소피는 조끼 맨 아래 단추에서부터 위쪽으로는 자신이 있었다. 면도한 턱은 깔끔했고 외투도 괜찮은 데다가 추수 감사절에 어느 선교사 부인이 준 말끔한 검정 넥타이도 매고 있었다. 아무 의심 없이 들어가서 앉기만 하면 성공할 일이었다. 식탁 위로 보이는 그의 모습을 보고 노숙자로 생각하는 웨이터는 없을 것이었다. 그는 구운 오리고기와 프랑스 와인, 그리고 치즈와 커피를 주문하고는 시가 한 대를 피우면 좋겠다고 생각했다. 시가는 1달러면 충분할 테고, 이 모든 요리를 전부 합쳐 봤자 레스토랑 주인에게 큰 피해를 줄 정도의 계산은 나오지 않을 것이었다. 그렇게까지 먹는다면 굶주린 배를 고기로 채운 채 즐겁게 섬으로 갈 수 있으리라 여겼다.

하지만 소피가 레스토랑에 들어가자마자 지배인의 눈은 그의 구겨진 바지와 해진 구두로 향했다. 지배인은 재빠르게 그를 돌려세우고는 아무 말 없이 길거리로 내쫓았다. 그래서 그는 수치스럽게 목을 내놓아야 했던 오리의 운명을 되돌렸다.

소피는 브로드웨이를 벗어났다. 아무래도 끼니를 때우는 일로는, 자신이 꿈처럼 여기는 섬으로 갈 수 없을 것 같았다. 감옥에 가기 위해서는 다른 방법을 모색해야 했다.

6번가 모퉁이에는 환한 전구 불빛을 받은 상품들이 전시된 진열대가 있었다. 소피는 돌멩이 하나를 주워서 유리창을 향해 힘껏 던졌다. 사람들은 경찰관을 앞세우고 모퉁이 너머에서 달려왔다. 소피는 주머니에 손을 넣고는 가만히 서 있다가 경찰관을 보며 미소를 지었다.

"범인은 어디에 있지요?"

경찰관은 흥분하며 물었다.

"그 일과 관련된 사람이 저라고 생각하지는 않나요?"

소피는 약간의 장난기를 머금고 조용히 말했다.

경찰관은 소피가 범인이라고는 전혀 생각하지 않았다. 보통 유리창을 깨부순 범인은 현장에 남아서 경찰관과 대화하지 않는다. 일을 벌인 그 즉시 도망치기 마련이다. 경찰관은 어떤 남자가 조금 떨어진 길가에서 택시를 잡으려고 뛰어가는 것을 보고는 경찰봉을 꺼내 들고 사람들과 함께 그를 뒤쫓았다. 그는 두 번이나 자기 뜻대로 일이 성사되지 않자 우울해졌다.

소피는 터벅터벅 무거운 발을 움직였다. 그때 길 건너편에 있는 허름한 식당이 눈에 들어왔다. 그 식당은 양과 비교하면 가격이 저렴한 곳이었고 분위기나 그릇, 수프나 식탁보도 딱 그 정도 수준이었다. 소피는 아까처럼 낡은 신발을 신고 구겨진 바지를 입고 있었지만 문전박대를 당하지 않았다. 그는 자리에 앉아 비프스테이크와 핫케이크, 도넛과 파이를 먹었다. 식사를 마친 소피는 웨이터에게 자기는 돈이 없다고 말했다.

"얼른 경찰을 불러요. 신사를 기다리게 하면 안 되겠지?"

소피가 말했다.

"너 같은 사람한테 경찰은 무슨 경찰이야!"

웨이터는 맨해튼 칵테일 속 체리처럼 눈을 부라리며 버터 케이크 같은 목소리로 사람을 불렀다.

"이리 좀 와 봐!"

웨이터 두 사람은 소피를 끌고 나와 밖으로 내던졌다. 그는 딱딱한 길바닥에 왼쪽 귀를 부딪치며 엎어졌다. 소피는 목수가 자를 펴듯이 관절을 하나하나 세우면서 일어났고, 옷에 묻은 먼지를 털어 냈다. 경찰관에게 붙잡히는 일이 장밋빛 꿈처럼 느껴졌다. 섬이 아주 멀리 떨어져 있는 것 같았다. 그때 두 집 건너 약국 앞에서 경찰관 한 명이 웃으면서 걸어갔다.

소피는 다섯 구역을 걸어간 다음에 어떻게든 붙잡히고 말겠다고 결심했다. 이번에는 용기를 내서 틀림없는 방법이라고 생각한 수를 쓸 생각이었다. 수수한 드레스를 입은 한 여자가 진열장 앞에서 면도용 컵과 잉크스탠드를 바라보고 있었다. 멀지 않은 곳에서는 풍채가 좋고 근엄한 표정을 한 경찰관이 소화전에 몸을 기대고 서 있었다.

소피의 계획은 비열하고 혐오스러운 치한이 되는 것이었다. 소피의 범죄 희생양이 될 수수하지만 세련된 여자와 경찰관이 한곳에 있었다. 곧 경찰관은 기분 좋게 소피의 팔을 잡고, 그가 그토록 원하는 아늑하고 조그마한 섬에 마련된 겨울 숙소로 이끌어 줄 것이라고 확신했다.

소피는 여자 선교사가 준 넥타이를 고쳐 매고 속으로 말려 올라간 소매를 끌어 내렸다. 그러고는 모자를 고쳐 쓰고 여자에게 다가갔다. 그는 그녀에게 추파를 던지기 위해 멋있는 척 헛기침을 했다. 소피가 눈을 가늘게 뜨고 경찰관 쪽을 살펴보자, 경찰관은 소피를 계속 응시하고 있었다. 그 여자는 잠깐 몇 발자국 물러서더니 이내 면도용 컵을 내려다봤다. 소피는 그 여자 곁으로 대담하게 다가가서 모자를 벗고 말을 걸었다.

"이봐, 베델리아! 우리 집에 가서 놀지 않겠어?"

경찰관은 여전히 이쪽을 바라보고 있었다. 이 여자가 경찰관을 향해 손가락을 까딱만 해도 소피는 곧바로 그 섬으로 갈 수 있었다. 그는 벌써 감옥의 아늑함과 포근함이 느껴지는 것 같았다. 그녀는 소피를 바라보더니 손을 뻗어 그의 옷자락을 잡았다.

"그래요, 마이크."

그녀는 기쁘게 대답했다.

"맥주 한잔 사주신다면요. 아까부터 당신에게 말을 걸고 싶었는데, 경찰관이 지켜보고 있어서 할 수 없었어요."

소피는 나무에 매달린 담쟁이덩굴처럼 자신의 몸에 달라붙은 그 젊은 여자를 데리고 경찰관 옆을 지나갔다. 그는 창살 밖 자유인이라는 운명을 타고난 것 같았다.

소피는 다음 모퉁이에서 그 여자를 떨쳐 버리고 도망갔다.

그가 멈춘 장소는 밤이면 불이 환하게 켜지고, 사랑의 맹세와 오페라 가사가 울리는 곳이었다. 모피 외투를 걸친 여자들과 커다란 외투를 입은 남자들이 찬바람 속을 즐겁게 걷고 있었다. 순간 소피는 어떤 무서운 마법의 힘이 작용해 평생 감옥에 갈 수 없는 것은 아닐까 하는 두려움에 휩싸였다. 그런 생각에까지 다다르자 공포심이 밀려왔다. 그는 화려하게 반짝이는 극장 앞에서 한가롭게 거니는 경찰관을 보자, 지푸라기라도 잡는 심정으로 소란을 벌이기로 작정했다.

소피는 인도 한복판에서 술 취한 사람처럼 횡설수설하며 소리를 지르기 시작했다. 그는 춤추며 되는대로 목청껏 고함을 질렀다.

그러자 경찰관은 곤봉을 휘두르다가 소피에게 등을 돌리면서 시민들을 향해 말했다.

"지금 이 학생은 예일대학이 하트포드대학을 실점 없이 이겨서 축하하는 중입니다. 시끄럽기는 하지만, 절대 다른 피해는 없을 거예요. 그냥 둬도 괜찮다는 지시를 받았습니다."

소피는 실망할 수밖에 없었다. 더는 효과가 없는 방법이었다. 도대체 경찰관에게 붙잡힐 방법은 무엇일까. 그의 상상 속에서 그 섬은 결코 다다를 수 없는 오아시스와도 같았다. 찬바람이 웃옷 속으로 파고들었다. 그는 얇은 외투를 여밀 뿐이었다.

소피는 담배 가게 앞에서 잘 차려입은 남자 하나가 담배에 불을 붙이는 것을 발견했다. 문 옆에는 그가 가게에 들어가면서 세워 둔 실크 우산이 있었다. 소피는 안으로 들어가 우산을 집어 들고 아무렇지 않은 듯 걸어 나왔다. 담배에 불을 붙이던 남자가 허둥지둥 쫓아왔다.

"이봐요. 그건 내 우산이에요."

그는 힘을 주어 말했다.

"아, 그런가요?"

소피는 말했다. 그는 절도에다가 모욕죄까지 더하려는 듯 빈정거렸다.

"그렇다면 경찰을 불러요. 내가 우산을 훔쳤다고 말하세요. 왜 경찰을 부르지 않는 거지요? 저기 모퉁이에 바로 경찰이 보이는데 말이에요."

우산 주인은 발걸음을 늦추었다. 소피도 그와 같이 발걸음을 멈추었다. 소피는 또다시 행운이 비껴갈 것 같은 불길한 예감이 들었다. 경찰관은 멀리서 두 사람을 수상한 눈길로 응시하고 있었다.

"물론, 그래야지요."

우산 주인이 말했다.

"저, 아시다시피 그런 실수는 왕왕 일어나곤 하지요. 이게 댁의 우산이라면 용서해 주세요. 사실 오늘 아침 어느 레스토랑에서 이 우산을 주웠습니다. 이게 당신의 우산이라면…….
저, 부디 저를…….”

“내 우산이 확실해요.”

소피가 확신에 찬 목소리로 말했다.

이렇게 우산의 옛 주인은 자리를 피했다. 경찰관은 두 블록 밖에서 다가오는 전차 앞에서 길을 건너는, 키가 크고 망토를 걸친 금발 여성을 도와주러 달려갔다.

소피는 도로 공사로 파헤쳐진 거리를 지나 동쪽으로 걸었다. 도중에 그는 화를 참지 못하고 공사 중인 도로 구덩이에 우산을 던졌다.

그는 헬멧을 쓰고 곤봉만 들었을 뿐, 별 볼 일 없는 경찰들에 대해 혼잣말로 욕을 늘어놓았다. 체포되기를 간절하게 바랐는데, 오히려 경찰관들은 그를 죄라고는 하나도 저지르지 못하는 왕으로 여기는 것 같았다.

한참을 걷던 소피는 화려한 불빛이나 시끄러운 소리도 없는, 어느 대로에 접어들었다. 그는 자연스럽게 매디슨 광장으로 방향을 틀었다. 비록 먹고 자는 곳은 공원 벤치였지만, 나름 그곳은 그의 집이었다. 귀소 본능이 살아난 것이다.

그는 유난히 조용한 어느 길에 다다랐을 때 발걸음을 멈췄다. 그곳에는 박공지붕에 벽면이 들쭉날쭉하고 오래된 분위기를 풍기는 교회가 있었다. 보랏빛 창문으로 부드러운 불빛이 새어 나오고 있었고, 오르간 연주자가 다음 주일에 연주할 찬송가를 연습하고 있었다. 아름다운 음악이 흘러나오자, 소피는 철제 울타리에 기대서서 꼼짝할 수 없었다.

그의 머리 위에서는 밝은 달이 고요하게 빛나고 있었다. 지나가는 사람이나 차도 없었다. 참새들은 저마다 처마 밑에 들어가 졸린 소리로 재잘거렸다. 마치 시골 교회에 와 있는 것 같았다. 오르간 연주자가 연주하는 찬송가는 소피가 예전에 즐겨 듣던 곡이었다. 그에게 어머니가 있었던 그 시절, 장미나 꿈, 친구들과 어울리던 순수한 나날에 들었던 그 찬송가가 그를 붙잡은 것이다.

오래된 교회에서 나오는 감동으로 소피의 마음에 짙은 감수성이 더해졌다. 갑작스럽게 그의 영혼에 변화가 일어났다. 그는 자신이 빠졌던 깊은 구덩이와 자기의 생활을 이루고 있는 지옥 같은 과거가 끔찍하게 느껴졌다. 꿈과 가치가 사라졌고, 재능조차 잃었다. 그는 작은 욕심에 매달리며 불순한 생각에 빠졌던 타락한 삶을 생각하면서 두려움을 느꼈다.

순간 그의 마음속에서는 신비로운 감정에 맞춰 강렬한 충동이 일어났다. 그는 구덩이에서 빠져나오고 싶었고, 자기 자신을 되찾고 싶었다. 자신을 잡아먹는 악마의 손에서 벗어나 인간다운 삶을 살고 싶었다. 아직 되돌릴 시간은 있었다. 그는 비교적 젊은 편이었다. 그는 오래전 간절하게 원했던 야망을 되찾아 쓰러지지 않고 달리고 싶었다. 이 엄숙하면서도 달콤한 오르간 선율은 그의 마음속에 불씨를 댕겼다. 그는 내일 당장 시끌벅적한 시내로 나가 일거리를 찾기로 마음먹었다. 모피 수입업자가 운전사 자리를 주겠다고 말한 적이 있었다. 날이 밝으면 즉시 그 사람을 찾아가 부탁해야겠다고 생각했다. 그러면 그도 당당하게 새로운 삶을 찾게 될 것이다.

바로 그때 누군가 소피의 팔을 붙잡았다. 그가 몸을 돌리자 얼굴이 넓적한 경찰관이었다.

"여기서 뭘 하고 있지요?"

경찰관이 물었다.

"아무것도 하지 않는데요."

소피가 대답했다.

"그럼 따라오세요."

다음 날 아침, 즉결 재판소의 판사는 이렇게 판결을 내렸다.

"섬에서 금고 3개월."

메뉴판 위의 봄

3월의 어느 날이었다.

글을 시작할 때 이런 식으로 전개하면 안 된다. 어쩌면 이보다 더 나쁜 시작은 없을 것이다. 이런 시작은 상상력이 부족하고, 단조로우며, 흥미롭지 않고, 아무것도 없는 텅 빈 소리에 불과하다. 하지만 지금 시작하려는 작품에서 이 시작은 예외로 두어도 좋다. 원래 이 작품의 시작은 다음 문장으로 시작해야 하지만, 그렇게 한다면 이야기가 엉뚱하고 앞뒤가 어색해서 독자가 곧바로 이해할 수 없기 때문이다.

사라는 메뉴판을 보면서 눈물을 흘리고 있었다.

메뉴판을 보면서 흐느끼는 뉴욕의 한 여자를 상상해 보라!

독자들은 그 이유를 다양하게 추측할 것이다. 새우가 다

팔리고 없다거나, 사순절이라 그동안 아이스크림을 먹을 수 없다거나, 양파가 들어간 요리를 주문했거나, 로맨틱한 영화를 보고 막 들어왔다거나 하는 정도의 추측일 것이다. 하지만 이 모든 추측은 이 여자가 눈물을 흘리는 이유가 아니다. 이제 이야기를 이어 나가자.

한 신사는 세상을 이렇게 비유했다. 이 세상은 칼만 있다면 쉽게 벌릴 수 있는 굴 껍데기와 같다. 칼로 굴 껍데기를 여는 일은 어렵지 않다. 하지만 타자기로 조개처럼 꽉 닫힌 인생을 까는 사람을 본 적이 있는가? 조금만 기다리면 타자기로 살아 있는 조개 열두 개를 열어젖힌 이야기를 들려줄 테니 기다릴 수 있겠는가?

사라는 마음대로 다룰 수 없는 타자기라는 무기 하나로 조개처럼 차갑고 축축한 세상을 열었고, 그 속의 맛을 보게 되었다. 그녀는 전문 대학 속기과를 졸업했고, 사회에 이제 막 나온 사람 정도의 실력만 갖추고 있었다. 그래서 그녀는 꽤 괜찮은 회사에서 일할 수 없었다. 그 이유로 그녀는 속기뿐만이 아니라 잡다한 일까지 도맡아야 했다.

사라가 사회라는 생존 전쟁터에서 얻은, 가장 보람되고 찬란한 일은 슈렌버그 레스토랑과 거래를 한 것이었다. 그곳은 그녀가 세 들어 사는 낡은 벽돌집 바로 옆에 있는 식당이었다. 어느 날 저녁, 사라는 그곳에서 다섯 코스로 되어 있는 40

센트짜리 싸구려 음식(요리는 흑인 신사 인형 머리에 야구공 다섯 개를 던지는 게임만큼 빠르게 나왔다.)을 먹은 후 메뉴 한 장을 들고 나왔다. 영어인지 독일어인지 헷갈릴 정도로 정체를 알 수 없는 펜글씨로 적은 메뉴였다. 별생각 없이 읽으면 이쑤시개와 라이스 푸딩으로 시작해서 수프와 오늘의 요리로 끝난다고 이해될 정도였다.

그다음 날, 사라는 슈렌버그 씨에게 깨끗하게 정리해서 타이핑한 메뉴판을 보여 주었다. 그 메뉴는 코스 순서대로 '전채 요리'로 시작해서 여러 항목이 자리 잡고 있었고, 그 아래에 다양한 요리 이름이 제대로 들어가 있었다. 가장 마지막에는 '우산과 외투는 분실 시 책임지지 않습니다.'라는 문장이 있었다.

슈렌버그는 새로운 세계를 만난 것 같았다. 그는 당장 사라와 계약을 맺기로 했고, 그녀는 스물한 개의 식탁에 비치할 메뉴를 만들기로 했다. 저녁 메뉴판은 매일 교체하고, 아침과 점심은 음식이 바뀌거나 새로운 메뉴판이 필요할 때 다시 작업하기로 했다.

그 대가로 슈렌버그는 얌전한 웨이터를 시켜 사라의 방까지 하루 세 끼의 음식을 제공했다. 그러고는 다음 날 손님들에게 내놓을 음식을 연필로 대충 적어서 그녀에게 보냈다.

이 계약은 사라뿐만 아니라 슈렌버그에게도 만족감을 주

었다. 이제 레스토랑의 손님들은 음식 재료가 무엇인지 가끔 헷갈리기는 했어도 음식 이름이 무엇인지는 알고 먹게 되었다. 사라는 춥고 우울한 겨우내 식사를 챙겨 먹을 수 있게 되어서 좋았다.

달력은 이제 봄을 알리고 있었다. 봄은 때가 되면 자연스럽게 찾아온다. 1월에 내린 눈들이 덩어리진 채 길거리에 남아 있었고, 손풍금 연주자들은 12월의 유쾌한 기분을 살려 〈즐겁고 그리운 여름〉을 여전히 연주하고 있었다. 사람들은 부활절에 입을 옷을 마련하기 위해 30일짜리 어음을 발행했고, 건물 관리인들은 난방을 끄면서 봄을 준비하고 있었다. 하지만 거리는 여전히 겨울에서 벗어나지 못했다.

어느 날 오후, 사라는 자신의 우아한 방에서 덜덜 떨고 있었다. '난방 완비, 깨끗함, 시설 완비, 방문 환영'이라고 소개된 집이었다. 슈렌버그 레스토랑 메뉴판 작업 말고는 할 일이 없던 사라였다. 그녀는 삐걱대는 버드나무 흔들의자에 앉아 창밖을 내다보고 있었다. 벽에 걸린 달력에서 이렇게 소리치는 것 같았다.

"사라, 봄이 왔단다. 봄이 왔어. 나를 좀 봐 줘, 사라. 내 몸이 그걸 말해 주고 있잖아. 예쁘게 몸을 꾸며 보렴. 왜 그렇게 슬픈 눈으로 창밖을 바라보기만 하니?"

사라의 방은 건물 뒤쪽에 있었다. 창밖을 내다보면 길 건

너에 있는 상자 공장의 뒷벽이 보일 뿐이었다. 그 벽은 창문 하나 없이 붉은 벽돌만 빼곡하게 쌓여 있었다. 벽은 투명한 수정 같았다. 사라는 마음속으로 벚나무와 느티나무 그늘이 지고 딸기 덩굴과 체로키 장미가 가장자리에 늘어서 있는 풍경을 내려다봤다.

진짜 봄은 너무 조용히 다가오기 때문에 눈이나 귀로 마주할 수 없다. 어떤 사람은 크로커스 꽃이 피는 것이나 숲의 여왕인 산딸기를 보거나 파랑새의 소리를 듣고서 봄을 느낀다. 또 어떤 사람은 조금 특이하게도 메밀과 굴로 만든 음식을 더는 만날 수 없다는 것을 깨닫고 나서야 '녹색의 여신'을 무딘 가슴으로 맞이한다. 그러나 대지가 가장 좋아하는 어린아이들은 새 신부, 봄이라는 달콤한 소식을 분명히 들을 것이다. 봄이 양자가 되어 그 품에 안기기 위해서는 진정으로 봄을 원해야 가능한 일이다.

지난여름, 사라는 시골에 갔다가 한 농부와 사랑에 빠졌다.

(작품을 쓸 때 이런 식으로 과거 사건을 이야기하면 절대 안 된다. 그렇게 쓰면 질 낮은 예술이 되고 흥미롭지도 않다. 하지만 어쨌든 이야기를 계속해 보겠다.)

사라는 서니브루크 농장에 2주일간 머물렀다. 그때 그녀는 프랭클린의 아들인 월터와 사랑에 빠졌다. 대부분 농부는 사랑에 빠지고 결혼한 뒤에 바로 일터에 나가는 데 2주도 걸리지 않는다. 하지만 젊은 월터 프랭클린은 현대적인 농업가였다. 그는 축사에 전화기를 달았고, 다음 해에 수확할 캐나다종 밀 수확이 한밤중에 심은 감자에 어떤 영향을 끼치는지까지 계산할 수 있었다.

월터가 사라에게 청혼하고 승낙을 받은 장소는 그늘이 진 오솔길, 딸기가 열린 곳이었다. 두 남녀는 나란히 앉아서 사라의 머리에 얹을 화관을 만들었다. 월터는 노란색 꽃잎이 그녀의 긴 갈색 머리카락과 얼마나 잘 어울리는지 입에 침이 마르도록 칭찬했다. 사라는 그 화관을 머리에 얹고 밀짚모자를 든 채 집으로 돌아왔다.

그들은 봄에 결혼식을 올릴 예정이었다. 사라는 약속을 뒤로하고 뉴욕으로 돌아와 타자 치는 일을 다시 시작했다.

방문을 두드리는 소리에 사라의 황홀했던 지난여름의 꿈이 깨졌다. 슈렌버그 씨가 연필로 대충 끼적인 다음 날 메뉴 내용을 웨이터가 들고 온 것이다.

사라는 타자기 앞에 앉아 롤러 사이에 메뉴 종이 한 장을 끼워 넣었다. 그녀의 타자 치는 속도는 빠른 편이라 보통 한 시간 반이면 스무 개의 메뉴판을 모두 완성할 수 있었다.

오늘은 평소보다 메뉴 변화가 많았다. 수프는 훨씬 가벼워졌고, 메인 요리에서 돼지고기가 빠졌다. 토스트에는 러시아

순무만 곁들이게 되어 있었다. 메뉴판 위에 부드러운 봄의 생기가 들어 있었다. 얼마 전까지만 해도 푸릇한 언덕을 뛰어놀던 새끼 양이 이제는 양념에 절여져서 식탁 위에 오르는 것이다. 겨울을 상기시키는 굴이 완전히 사라지지는 않았지만, 조금씩 사라지고 있었다. 프라이팬은 점점 구이용 석쇠에 자리를 내어 주고 벽에 걸리게 될 것이었다. 파이 종류가 꽤 늘어나고 기름진 푸딩은 사라졌다. 옷을 갈아입은 소시지나 메밀, 메이플 시럽은 시들어 가는 꽃처럼 겨우 고개를 세우고 있었지만 사라지기 직전이었다.

사라의 손가락은 여름철 냇물 위를 뛰어노는 요정처럼 춤추듯이 움직였다. 그녀는 눈짐작으로 정확한 길이를 맞춰 코스에 따라 순서대로 요리들의 제자리를 찾아 주었다.

디저트 바로 위에 채소 요리 항목을 채우고 그다음에 당근과 완두, 아스파라거스와 토스트, 토마토와 옥수수를 넣은 콩요리, 리마 콩 요리, 양배추 등등…….

사라는 메뉴 위에 눈물을 떨어뜨렸다. 마음속 어떤 성스러운 곳에서 절망이 솟아 올라와 눈물을 만든 것이다. 그녀는 작은 타자기 위에 머리를 숙였고, 그녀가 흐느낄 때마다 타자기는 메마른 반주처럼 탁탁탁 소리를 냈다.

사라는 지난 2주 동안 월터의 소식을 듣지 못했다. 게다가 메뉴판의 다음 항목은 달걀을 곁들인 민들레였다. 달걀은 중요하지 않았다. 월터가 사라의 머리에 씌워 주기 위해, 그녀를 사랑의 여왕이자 미래의 신부로 만들어 준 꽃이 바로 민들레였다. 이것들은 이제 행복했던 과거를 떠올리게 만들며 오히려 슬픔의 왕관으로 기억되었다.

이러한 슬픔에 빠져 본 사람이라면 감히 비웃지 못할 것이다. 가령 퍼시라는 남자에게 당신의 마음을 허락하던 날, 그가 당신에게 준 노란 장미꽃이 슈렌버그 레스토랑 샐러드 프렌치드레싱에 버무려져 당신의 눈앞에 나온다면 기분이 어떻겠는가. 만약 줄리엣이 자기 사랑의 징표가 이렇게 망가져 버린 것을 본다면, 곧장 약재상에게 달려가 망각의 약초를 구했을 것이다.

하지만 봄은 훌륭한 마법을 지니고 있다. 강철과 돌로 둘러싸인 도시에도 봄의 소식은 전해져야 한다. 봄을 전해 줄이는, 녹색 옷을 걸치고 수수하고 작은 얼굴을 지닌 민들레뿐이다. 프랑스 주방장들 사이에서 사자의 이빨이라고 불리는 민들레, 그 꽃이다. 꽃이 피면 신부의 밤색 머리 위에서 화환으로 변해 사랑을 도와주고, 아직 어려 꽃이 피기 전에는 끓는 냄비 속으로 뛰어들어 봄 내음 가득한 여왕의 편지를 전해 준다.

사라는 흐르는 눈물을 억지로 참아 냈다. 메뉴를 쳐야만 했다. 그러나 민들레 꿈이 남긴 황금빛 여운 속에서 손가락만

정처 없이 타자기 위를 돌아다닐 뿐, 마음은 농부와 거닐던 풀밭에 가 있었다. 곧이어 그녀는 맨해튼의 아스팔트로 되돌아왔다. 그녀는 마치 파업을 멈추게 하기 위해 온 자동차처럼 덜컹거리기 시작했다.

6시에는 웨이터가 저녁 식사를 가져왔고, 돌아갈 때 새로 만든 메뉴판을 들고 갔다. 사라는 한숨을 내쉬며 달걀을 곁들인 민들레 요리를 한쪽으로 치웠다. 아름다운 사랑의 증인이 되어 준 꽃이었지만, 이제는 사그라진 지난여름 꿈처럼 수치스럽게 시키먼 채소 한 접시가 되어 있었다. 셰익스피어가 말했듯이, 사랑은 자신을 먹고 자라는 것일지도 모른다. 하지만 사라는 태어나 처음으로 알게 된 진실한 사랑의 향연을 아름답게 장식해 준 민들레를 차마 입에 댈 수 없었다.

7시 반이 되자, 옆집 부부가 싸우기 시작했다. 윗방의 남자는 플루트로 '라' 음계를 찾느라 헤매고 있었다. 난방은 더 약해졌다. 마차 세 대가 석탄을 내리기 시작했고, 그 가운데서 어디에선가 축음기 소리가 들려왔다. 뒷마당 울타리 위를 거닐던 고양이들은 패잔병처럼 천천히 사라졌다. 그녀가 책 읽을 시간이 되면 항상 펼쳐지는 풍경이었다. 그녀는 트렁크 위에 두 다리를 편하게 올리고, 그 달 중 가장 적게 팔린 『수도원과 노변』(영국의 소설가이자 극작가인 찰스 리드의 소설)이라는 책을 꺼내 읽기 시작했다. 그녀는 그 책의 주인공인 제라드와 함께 걷기 시작했다.

그때 현관 초인종이 울렸다. 집주인이 문을 열었다. 사라는 곰에게 쫓기다가 나무로 기어오른 제라드와 데니스를 버리고 아래층에서 나는 소리에 귀를 기울였다. 아마 여러분도 그렇게 했을 것이다!

굵은 목소리가 아래층 복도에서 울렸다. 사라는 곰이 첫 번째 승리를 거두는 장면에서 책을 바닥으로 내팽개치고는 문으로 달려갔다.

아마 이 정도 되면 짐작했을 것이다. 그녀가 계단에 다다랐을 때, 그녀가 사랑하는 농부는 한 번에 세 계단씩 성큼성큼 올라와 그녀를 꼭 끌어안았다.

"왜 편지 한 장 쓰지 않았지요?"

사라는 울면서 소리쳤다.

"난 뉴욕이 이렇게 넓은 줄 몰랐어요."

월터가 말했다.

"일주일 전에 당신이 살던 집에 갔었어요. 그곳에서 당신이 목요일에 이사했다는 소식을 들었고 나는 안심했어요. 운나쁜 금요일을 피했으니까요. 그 후로 경찰의 도움을 받기도 하면서 당신을 찾아다녔어요."

"그건 제가 편지에 썼잖아요!"

사라가 흥분한 듯 외쳤다.

"한 번도 편지를 받은 적이 없어요!"

"그렇다면 어떻게 절 찾으신 거지요?"

월터는 환한 봄처럼 웃었다.

"아까 저녁을 먹기 위해 옆집 식당에 우연히 들렀어요."

그가 말했다.

"누가 알아도 상관없는 얘기니 그냥 할게요. 나는 해마다 이쯤이 되면 채소 요리를 즐기거든요. 타자기로 예쁘게 정리된 채소 요리 메뉴에서 먹을 만한 음식을 찾으려고 훑어보다가 '양배추' 다음의 글자를 보자마자 의자에서 벌떡 일어나서 주인을 찾았어요. 그분이 당신이 사는 곳을 알려 주었고요."

"아, 기억나요."

사라는 행복에 겨운 탄식을 내뱉으며 말했다.

"양배추 아래는 민들레였지요."

"당신 타자기는 대문자 W가 흔들거려서 어디에서나 약간 위쪽으로 비딱하게 찍힌다는 걸 알고 있었거든요."

월터가 말했다.

"그래요? 하지만 민들레에는 W가 없어요."

사라는 놀라서 물었다.

청년은 주머니에서 메뉴판을 꺼내더니 손가락으로 한 부분을 가리켰다.

그것은 그날 오후, 사라가 제일 먼저 친 메뉴판이었다. 오른쪽 위 모서리에는 그녀의 눈물 자국도 그대로 있었다. 두 사람의 황금빛 추억에 빠진 사라의 손가락은 민들레 요리가 적혀 있어야 할 자리에 다른 글자를 채워 넣었다.

'붉은 양배추'와 '풋고추 요리' 사이에는 이런 말이 적혀 있었다.

'완숙한 달걀을 곁들인 사랑하는 월터(WALTER).'

마지막 잎새

워싱턴 광장의 서쪽에 있는 자그마한 구역은 길들이 얽기설기 얽혀 있으면서 길쭉하고 좁은 갈림길로 나누어져 있었다. 이 갈림길은 복잡하기도 하거니와 꽤 많았는데, 어떤 길은 각도도 비뚤었고 어떤 길은 같은 길이 한 번이나 두 번씩 교차되어 있었다. 옛날에 한 예술가가 이 거리의 가치를 발견해 냈다. 만약 수금원이 그림물감과 종이, 캔버스값을 청구하러 온다고 해도 헤매기만 하다가 돈 한 푼 받지 못하고 돌아갈 수밖에 없는 길이었다.

그러한 이유로 화가들은 이 복잡한 그리니치빌리지로 몰려 들어왔고 방값이 싸고 창이 북쪽으로 나 있는, 18세기 박공지붕과 네덜란드식 다락방을 갖춘 집을 찾아다니기 시작했다. 그들은 그런 집을 마련하면 6번가에서 그릇과 난로를 샀다. 그렇게 해서 '예술가촌'이 만들어졌다.

수와 존시는 3층짜리 작은 건물 꼭대기 층에 작업실을 만들었다. 존시는 조안나의 애칭이었다. 수는 메인주, 존시는 캘리포니아주 출신이었고, 두 사람은 8번가의 델모니코 식당에서 밥을 먹다가 처음 만났다. 이들은 예술과 치커리 샐러드, 작업복 소매에 대해 같은 취향을 가지고 있다는 것을 알고는 공동 화실을 만들게 되었다.

그것은 5월의 일이었다. 11월이 되자, 눈에 보이지 않으면서 한기를 뿜어 대는 불청객이 마을을 돌아다녔다. 불청객은 얼음처럼 차가운 손가락으로 사람들을 괴롭혔는데, 바로 폐렴이었다. 동부 지역에서는 이미 이 불청객의 활약으로 희생자가 수십 명이나 되었지만, 이 마을은 이끼로 뒤덮인 좁은 미로 덕분에 구석구석에 영향을 끼치는 데 시간이 걸렸다.

'폐렴'이라는 병은 기사도 정신이 있는 노신사가 아니었다. 캘리포니아의 따뜻한 바람을 받으며 자란 가냘프고 어린 아가씨에게 이 늙은 악한이 숨을 몰아쉬며 주먹을 휘두르는 것은 공평한 일이 아니었다. 그렇지만 결국 폐렴은 존시를 덮쳤다. 존시는 꼼짝도 못 하고 페인트칠을 한 철제 침대에 갇혀 네덜란드식 작은 창문을 통해 밋밋한 옆집 벽돌담을 바라보는 일로 하루를 보낼 수밖에 없었다.

어느 날 아침이었다. 의사는 분주해서 회색 눈썹도 정돈하지 못한 채 수를 찾아와 그녀를 복도로 불러냈다.

"살아날 확률은 있습니다. 십중팔구 살기 힘들겠지만 말이지요."

의사는 수은 체온계를 흔들었다.

"그녀가 얼마나 살고자 하는지, 그 의지를 가질 때만 그렇습니다. 장의사를 기다리는 마음이라면, 그 어떤 사람에게도 좋은 약은 소용이 없습니다. 이 아가씨는 자신의 병이 낫지 않을 거라고 확신하고 있습니다. 혹시 평소에 꿈꾸던 일이 있나요?"

"그 애는 나폴리만을 그리고 싶다고 했어요."

수가 말했다.

"그림이라고요? 그런 말도 안 되는 것 말고요! 삶에 희망을 품을 만한 그런 건 없을까요? 가령 남자라던가요."

"남자요?"

수는 심드렁한 목소리로 말했다.

"선생님, 남자가 그렇게 중요한지는 모르겠지만, 그녀에게 그런 건 없어요."

"그것참, 안됐군요."

의사가 말했다.

"내가 힘닿는 데까지 모든 의술을 써 보도록 할게요. 하지만 환자가 장례식 행렬의 마차 수를 세고 있다면, 그 약의 효과는 절반이 될 거예요. 만일 그녀가 이번 겨울에 유행할 외투의 소매 스타일이 어떨지 궁금하게 만들 수 있다면, 내가 장담하지요. 살아날 확률은 열에 하나에서 다섯에 하나로 늘어날 겁니다."

의사가 돌아가고 수는 작업실로 돌아와 냅킨이 흠뻑 젖을 때까지 울었다. 그런 다음 아무렇지도 않은 듯 휘파람을 불면서 화판을 들고는 존시의 방으로 들어갔다.

존시는 고개를 창문 쪽으로 돌린 채 이불을 덮고 꼼짝도 하지 않았다. 수는 존시가 잠들었다고 생각하고는 휘파람을 멈췄다.

그녀는 화판을 세우고 잡지 삽화로 쓸 그림을 그리기 위해 펜과 잉크를 꺼냈다. 젊은 작가 지망생의 첫발이 잡지에 글을 신는 거라면, 젊은 화가의 첫걸음은 소설 삽화를 그리는 게 보통이었다. 수가 소설의 주인공인 아이다호 카우보이의 멋진 승마복과 단안경을 그려 넣을 때쯤, 낮은 목소리가 반복해서 중얼거리는 게 들렸다. 수는 재빨리 침대 곁으로 달려갔다.

존시는 눈을 크게 뜨고 창문 밖을 내다보면서 무엇인가를 거꾸로 세고 있었다.

"열둘." 그리고 조금 이따가 "열하나." 잠시 후 "열." 그리고 "아홉." 또 "여덟.", "일곱."은 거의 연달아 내뱉었다.

수는 걱정스러운 얼굴로 창밖을 내다봤다. 대체 존시는 무엇을 세고 있는 것일까? 창밖으로 펼쳐진 풍경은 황량하고 텅 빈 마당과 6미터쯤 거리를 두고 있는 옆집의 벽돌담뿐이었다. 그곳에는 뿌리가 썩어 말라비틀어진 담쟁이덩굴이 벽면의 반쯤 기어 올라가 있었다. 가을바람에 잎이 거의 다 떨어진 담쟁이덩굴은 허물어져 가는 벽에 겨우 붙어 있었다.

"존시, 뭘 세고 있는 거야?"

수가 물었다.

"여섯."

존시는 속삭이듯 아주 작게 말했다.

"점점 더 빨리 떨어지고 있어. 3일 전만 해도 100개 정도 되어서 세려면 머리가 아플 지경이었는데, 이제는 세기 쉬워졌어. 저기 또 하나 떨어지고 있구나. 이제 다섯 개밖에 남지 않았어."

"대체 뭐가 다섯 개라는 거야? 응? 제발 말 좀 해 봐."

"담쟁이덩굴에 매달린 잎사귀 말이야. 아마 마지막 잎이 떨어진다면 나도 같이 죽을 거야. 3일 전부터 그런 생각이 들었어. 의사가 아무 말도 안 해?"

"그런 바보 같은 소리는 들어 본 적이 없어."

수는 황당한 소리라는 듯 말했다.

"이제 다 시들어 버린 담쟁이덩굴이 네 목숨과 어떤 상관이 있다는 말이야? 예전에는 저 담쟁이덩굴을 좋아했잖아. 이 말썽꾸러기야, 그런 바보 같은 말은 하지 마. 의사 선생님이 말씀하시길, 어디 보자. 네가 회복할 가능성은 열 중 아홉이랬어. 뉴욕에서 전차를 탄다거나 새로 지은 건물 밑을 지날 때 무사히 살아날 확률과도 비슷하지. 일단 수프 좀 먹어. 나는 그림을 그릴게. 편집자에게 그림을 넘기고 돈을 받아서 이 병약한 아가씨가 마실 포도주와 식욕 많은 내가 먹을 돼지고기를 사야 하니까."

"포도주는 더는 필요 없어."

존시는 창밖을 계속 응시했다.

"잎이 또 하나 떨어지네. 수프도 먹고 싶지 않아. 이제 고작 네 개뿐이야. 어두워지기 전에 마지막 잎새가 떨어지는 걸 보고 싶어. 그러면 나도 곧 죽게 되겠지."

"존시."

수는 존시 위로 몸을 숙이며 말했다.

"나와 약속 하나만 해 줄래? 내가 작업을 마칠 때까지만 제발 눈을 감고 창밖을 내다보지 말아 줘. 내일까지 그림을 잡지사에 보내야 해. 커튼을 내리고 싶지만 그림을 그리려면 밝아야 하니까 그럴 순 없어."

"그럼 다른 방에서 그리면 안 될까?"

존시는 냉정하게 대답했다.

"나는 네 곁에서 그리고 싶어. 게다가 네가 창밖에 있는 저 엉터리 담쟁이덩굴을 바라보는 게 싫어."

"그래. 그러면 그림을 다 그리면 말해 줘."

존시는 눈을 감았다. 창백한 얼굴로 가만히 누워 있는 그녀의 모습은 쓰러진 동상 같았다.

"마지막 잎새가 떨어지는 걸 꼭 보고 싶어. 이젠 기다리는 일도, 생각하는 것도 다 지긋지긋해. 모든 것에서 해방되어서 저 바싹 마른 잎새처럼 아래로 떨어져서 세상과 헤어지고 싶을 뿐이야."

"잠을 좀 자도록 해. 버만 씨를 불러서 고독하게 늙은 시골 광부 모델이 되어 달라고 부탁해야겠어. 얼마 걸리지 않을 거야. 올 때까지 꼼짝도 하지 말고 그대로 있어."

버만 씨는 나이가 많은 화가였고, 같은 건물 1층에 살고 있었다. 그는 예순이 넘었고 반인반수와 같은 얼굴에 꼬마 도깨비 같은 작은 체구로, 미켈란젤로의 모세 조각상에나 있을 법한 구불거리는 수염을 가지고 있었다. 그는 화가로서는 실패한 사람이었다. 49년 동안 화필을 휘둘렀지만, 괜찮은 작품이 없었다. 늘 입으로만 걸작을 그릴 거라고 떠들었지만, 단 한 번도 그림을 시작한 적이 없었다. 몇 년 동안 그가 그린 작품이라고 해 봤자, 상업용으로나 쓰이는 싸구려 그림뿐이었다. 그는 경제적인 이유로 직업 모델을 쓰지 못하는 이 예술촌의 젊은 화가들에게 모델이 되어 주고 약간의 돈을 벌었다. 그는 아직도 술을 과하게 마시면, 걸작을 그릴 거라고 끊임없이 떠들었다. 체구는 작았지만 성질이 괴팍했고, 특히나 마음이 연약한 사람을 심하게 비웃었다. 하지만 위층의 두 젊은 화가에게만큼은 달랐다. 그는 그들을 보호하기 위해 대기 중인 경호원이라고 자처했다.

수가 그의 어두운 작업실에 들어서자, 향나무로 만든 술 냄새가 강하게 풍겼다. 작업실 한 귀퉁이에는 25년 동안 그 자리에서 걸작의 붓을 기다려 온 하얀 캔버스가 이젤 위에 놓여 있었다. 수는 그에게 존시가 망상에 빠져 있다고 이야기했다. 존시를 버티게 하는 유일한 희망인 마지막 잎새마저 떨어져 버리면, 연약하고 가냘픈 존시도 이 세상을 떠나 버릴지도 모른다고 말했다.

버만은 충혈된 눈에서 눈물을 쏟았다. 그러고는 존시의 망상에 경멸을 퍼붓고 조소를 띠었다.

"뭐라고!"

그는 소리쳤다.

"빌어먹을 담쟁이 잎사귀가 떨어진다고 죽는 멍청한 사람이 어디 있단 말이야? 그런 바보 같은 소리는 처음 들어. 관둬, 관두자고. 그 멍청한 모델 노릇도 안 할 거야. 어떻게 그런 황당한 상상을 하도록 내버려 둔 거야? 아, 가여운 존시."

"아마 병이 깊어져서 그런 것 같아요."

수가 말했다.

"그녀는 약해요. 고열에 시달리면서 터무니없는 상상에 빠져 버렸어요. 좋아요, 버만 씨. 하고 싶지 않으면 그만두셔도 좋아요. 하지만 단지 당신이 지독하게 무책임하다는 것만 알아 두세요."

"당신도 여자로군!"

버만이 소리쳤다.

"누가 하지 않는다고 했어? 가자고, 가. 준비는 이미 끝마쳤다고 한 시간 반 전부터 이야기하려고 했어. 오, 신이여. 이곳은 존시처럼 착한 아가씨가 앓을 곳이 못 된다고. 아무튼 내가 걸작을 그리게 되는 날, 다 같이 좋은 곳으로 떠나자고."

그들이 위층으로 올라왔을 때, 존시는 잠들어 있었다. 수는 커튼을 창문턱까지 내리고 나서 버만 노인을 다른 방으로 데리고 갔다. 그 방에서 두 사람은 창문 밖 담쟁이덩굴을 두려운 얼굴로 내려다보았다. 둘은 잠시 아무 말도 하지 않은 채 서로를 쳐다봤다. 차가운 빗줄기가 눈과 섞여서 쉴 새 없이 내리고 있었다. 낡은 청색 셔츠를 입은 버만은 바위가 아닌, 엎어 둔 주전자에 앉아 시골 광부의 자세를 취했다.

다음 날 아침, 수가 한 시간쯤 자고 일어났을 때였다. 아침이 밝아 있었다. 존시는 일찍 일어나 눈을 크게 뜨고서 아래로 드리워진 초록빛 커튼을 응시했다.

"커튼을 올려 줘. 밖을 보고 싶어."

그녀가 작은 목소리로 말했다. 수는 지친 얼굴로 그녀의 말대로 했다.

놀라웠다! 밤새도록 비바람이 몰아쳤지만, 잎새 하나가 담벼락에 붙어 있었다. 마지막 잎새였다. 덩굴줄기 쪽에는 아직도 짙은 녹색이 보였지만, 삐죽한 가장자리는 시들고 썩어 죽음의 징조를 보였다. 그렇지만 이 잎은 바닥에서 6미터쯤 떨어진 가지에 단단히 매달려 있었다.

"마지막 잎새가 남아 있네."

존시가 말했다.

"분명 간밤에 다 떨어졌을 거라고 생각했거든. 바람 소리가 들렸어. 오늘은 아마 떨어지고 말 거야. 그러면 나도 같이 죽는 거야."

"제발, 제발! 존시!"

수는 녹초가 된 얼굴을 베개에 파묻으면서 소리쳤다.

"너 자신을 위해서가 아니라면, 제발 내 입장을 생각해 줄래? 나는 어쩌라는 거야?"

하지만 존시는 아무 말도 하지 않았다. 살면서 가장 외로울 때는 죽음으로 가는 신비롭고 긴 여행길을 준비할 때다. 친구들이나 이 세상 모든 것에 대한 애정이 사라질수록 죽음에 대한 그녀의 망상은 더 심해졌다.

그렇게 해가 저물고 땅거미가 질 때까지 하나 남은 잎사귀는 담벼락에 붙어 있는 덩굴줄기에 외롭게 매달려 있었다. 밤이 찾아왔고 다시 북풍이 휘몰아치고 비가 창문을 때리며 낮은 네덜란드식 처마 아래로 떨어졌다.

날이 밝았다. 존시는 무심하게 커튼을 올려 달라고 말했다.

덩굴 잎사귀는 여전히 그 자리에 있었다.

존시는 그것을 바라보며 오랫동안 누워 있었다. 그러다가 그녀는 닭고기 수프를 가스난로 위에 올려놓고 젓고 있던 수를 불렀다.

"수, 내가 정말 나빴어."

존시가 말했다.

"내가 얼마나 못된 사람인지 깨닫게 하려고 어떤 강한 힘이 저 잎새를 떨어지지 않도록 한 것 같아. 죽고 싶어 하다니. 정말 큰 죄를 지었어. 이제 수프와 포도주를 조금 넣은 우유를 먹고 싶어. 아니, 그 전에 손거울부터 갖다 줄래? 그리고 내 등에 베개를 몇 개 더 받쳐 줘. 앉아서 네가 요리하는 걸 보고 싶어."

한 시간 후 그녀는 말했다.

"수, 언젠가는 나폴리만을 그리고 싶어."

그날 오후, 의사가 왔다. 수는 진료를 마치고 나가는 그를 복도에서 불러 세웠다.

"이제 살아날 확률은 반반입니다."

의사가 수의 가냘픈 손을 잡으며 말했다.

"당신의 간호 덕분에 목숨은 건질 수 있었어요. 아래층에 또 다른 환자가 있어서 가 봐야 해요. 이름이 버만이었던가? 그도 화가라고 들었어요. 나이가 많고 쇠약한 데다가 폐렴까지 와서 희망은 안 보이더군요. 하지만 그를 더 편안한 곳에서 지내게 하려고 오늘 중에 병원에 입원시킬 예정이에요."

다음 날, 의사가 방문해서 수에게 말했다.

"친구는 위험한 고비를 넘겼습니다. 수고 많았어요. 이제 남은 일은 영양을 잘 섭취하고 잘 돌보는 것뿐입니다."

그날 오후, 존시는 누운 채로 별 쓸모없어 보이는 파란 양모 목도리를 즐겁게 짜고 있었다. 수는 존시를 베개째로 꽉 끌어안았다.

"해 줄 말이 있어."

수가 말했다.

"오늘 아침 버만 씨가 병원에서 폐렴으로 세상을 떠났어. 그는 이틀을 앓았어. 건물 관리인이 그저께 아침에 그의 방에 들렀다가 폐렴으로 쓰러진 그를 발견했대. 입고 있던 옷이며 신발이 축축하게 젖어 있었고, 온몸이 얼음장이었다는 거야.

그렇게 사납게 비바람이 몰아치던 밤에 도무지 어딜 돌아다
닌 건지 알 수 없었대. 그런데 불이 켜져 있는 등불과 끄집어
낸 사다리도 이상했고, 아무렇게나 붓이 흩어져 있었다는 거
야. 팔레트 위에는 녹색과 노란색 물감이 섞여 있었대. 그때
창밖으로 고개를 돌렸는데, 글쎄 담벼락에 붙어 있는 마지막
잎새가 눈에 들어온 거야. 왜 그 비바람에도 잎사귀가 흔들리
지 않았는지 이상하지 않니? 존시, 저건 버만 씨의 걸작이야.
마지막 잎새가 떨어져 버린 그날 밤, 그분이 그 자리에 그림
을 그려 놓은 거야."

20년 후

순찰하는 경찰관이 대로를 늠름하게 걷고 있었다. 그를 보는 행인이 없는 것으로 봤을 때, 그의 걸음걸이는 남을 의식한 게 아니라 몸에 밴 당당함에서 나온 것 같았다. 밤 10시도 채 되지 않았지만, 비를 품은 찬바람 때문인지 거리에는 인적이 드물었다.

그는 조금은 뽐내는 것 같은 걸음걸이로 집마다 돌아다니며 문단속을 하면서도 현란하게 곤봉을 빙글빙글 돌리며 조용한 도로 쪽으로 몸을 돌려 경계를 살폈다. 건장한 체구와 걸음걸이 때문에 평화를 지키는 수호자 같았다. 그 지역은 대개 일찍 문을 닫는 가게들뿐이었다. 가끔 담배 가게나 심야 식당에서 불빛이 새어 나왔지만, 대부분 상점은 이미 문을 닫은 지 오래였다.

경찰관은 어느 구역의 중간쯤에서 발걸음을 늦췄다. 한 남자가 이미 불이 꺼진 철물점 출입구 앞에 기대어 불도 붙이지 않은 담배를 물고 서 있었다. 경찰관이 다가가자 남자가 황급히 말했다.

"별일 아닙니다."

남자는 경찰관을 안심시키려는 듯 말했다.

"저는 그저 친구를 기다리고 있습니다. 20년 전에 한 약속을 지키려고요. 조금 이상하게 들린다는 거 압니다. 이 사실을 확인하고 싶으시다면 자세하게 설명해 드리지요. 20년 전, 이 철물점 자리에는 식당이 있었습니다. '빅 조 브래디'라는 이름이었지요."

"5년 전까지도 있었소."

경찰관이 말했다.

"그해 건물이 헐렸지만요."

출입구에 서 있던 남자는 성냥을 그어 담배에 불을 붙였다. 날카로운 눈빛과 창백하고 각이 진 얼굴이 성냥 불빛에 비쳤다. 오른쪽 눈썹 근처에는 작고 흰 상처가 하나 보였다. 그의 넥타이핀은 큰 다이아몬드가 박힌 특이한 모양이었다.

남자가 말을 이었다.

"20년 전 바로 오늘, '빅 조 브래디'에서 제가 가장 좋아하는, 착한 친구 지미 웰스와 함께 저녁을 먹었습니다. 그와 나는 이곳에서 정말 둘도 없는 형제처럼 지냈습니다. 그때 제 나이는 열여덟이었고, 지미는 스무 살이었지요. 그다음 날, 저는 돈을 벌기 위해 서부로 떠나기로 되어 있었습니다. 지미는 절대 뉴욕을 떠나려고 하지 않았지요. 그는 살 곳이 여기밖에 없는 사람처럼 굴었어요. 아무튼, 우리는 그날 밤 우리의 처지가 어떻게 되던, 아무리 먼 곳에서 살게 된다고 하더라도 정확하게 20년이 지난 후 같은 날 같은 시각에 이곳에서 다시 만나자고 약속했습니다. 20년이 지난 뒤에는 각자 어떤 운명을 개척하고, 돈도 손에 쥐리라고 생각했습니다."

"그거 정말 재미있군요."

경찰관이 말했다.

"20년 후의 재회라니. 그런데 너무 긴 시간이군요. 서부로 떠난 후에는 친구의 소식을 듣지 못했나요?"

"네, 얼마 동안은 편지로 소식을 주고받았습니다."

남자가 말했다.

"하지만 몇 년 후에 소식이 끊겼지요. 아시다시피 서부는 아주 넓은 곳이에요. 서부 곳곳을 바쁘게 돌아다니다 보니 그렇게 됐습니다. 그렇지만 지미는 이 세상에서 가장 진실하고 믿음직한 친구였습니다. 만약 그가 살아 있다면 꼭 저를 만나러 이곳에 올 겁니다. 절대 잊지 않았을 거예요. 나는 이 약속을 지키려고 수천 킬로미터나 달려왔습니다. 제 옛 친구가 와

주기만 한다면, 그건 아무것도 아니지요."

친구를 기다리던 남자는 뚜껑에 작은 다이아몬드 여러 개가 박힌 화려한 회중시계를 주머니에서 꺼냈다.

"10시 3분 전이군요. 우리가 레스토랑 앞에서 헤어진 게 딱 10시였지요."

"당신은 서부에서 큰 재미를 본 것 같군요. 그렇지요?"
경찰관이 물었다.

"그럼요! 지미가 제 반만이라도 성공했다면 좋겠습니다. 정말 좋은 친구긴 하지만, 그저 노력만 하는 어수룩한 사람이었거든요. 저는 큰돈을 벌기 위해 날고뛴다는 사람들과 겨루면서 살았습니다. 늘 같은 일상을 보내는 뉴욕의 생활과는 다르게 서부에서는 하루하루가 모험이거든요."

경찰관은 곤봉을 휘두르며 걸음을 옮겼다.

"저는 이만 가 봐야겠습니다. 친구분이 꼭 오셨으면 합니다. 정시까지만 기다리다가 돌아가실 건가요?"

"아뇨. 더 기다려야지요. 30분은 더 기다릴 생각입니다. 죽지 않고 살아 있다면 그 전에는 꼭 올 겁니다. 그럼 수고하세요."

"네, 좋은 밤 되세요."

인사를 나눈 경찰관은 다시 문단속하면서 순찰했다.

어느새 차가운 비가 내리기 시작했다. 간헐적으로 불던 바람도 꾸준히 불어오기 시작했다. 몇 명 안 되는 행인들은 외투 깃을 세우고 주머니에 손을 꽂은 채 우울한 표정으로 발걸음을 재촉했다. 여전히 철물점 앞에는 어린 시절의 약속을 지키기 위해, 불확실한 약속을 지키기 위해 수천 킬로미터를 달려온 남자가 옛 친구를 기다리고 있었다.

20분쯤 지났을까. 긴 외투를 입고 코트 깃을 귀까지 세운 키 큰 남자가 반대편에서 빠른 걸음으로 길을 건넜다. 그는 곧장 철물점 앞에 있는 남자에게 걸어왔다.

"자네, 혹시 밥인가?"

그는 의심스럽다는 듯 물었다.

"지미인가?"

문 앞에 서 있던 남자가 크게 외쳤다.

"정말 놀랍군!"

이제 막 도착한 남자가 서 있던 남자의 손을 쥐고 외쳤다.

"밥이 틀림없군. 살아 있다면 여기서 만날 줄 알았네. 이런, 믿을 수가 없군! 20년이란 참 긴 시간이야. 자네도 이제는 많이 늙었어. 자네랑 다시 그 식당에서 저녁을 먹었다면 좋았을 텐데. 아쉬워. 서부는 어떤가? 지낼 만한 곳인가?"

"힘들긴 했지만 내가 원하는 건 다 얻을 수 있었어. 지미 자네도 정말 많이 변했어. 예전에는 이보다 좀 작았던 거로 기억하는데 말이야."

"아, 스무 살이 지나서 키가 좀 자랐어."

"뉴욕 생활은 어때?"

"그럭저럭 지낼 만해. 지금은 시청에서 일하고 있어. 자, 이제 내가 잘 아는 곳으로 가서 옛이야기나 실컷 하자고."

두 사람은 팔짱을 끼고 거리를 걸었다. 서부에서 온 남자는 성공에 도취한 나머지 자신의 과거를 늘어놓았다. 외투에 몸을 깊이 파묻은 남자는 그의 이야기를 흥미롭게 들었다.

모퉁이에 있는 약국에 다다르자, 전구가 환하게 켜져 있어서 주변이 밝았다. 두 사람은 불빛 아래에서 동시에 서로의 얼굴을 바라보았다.

서부에서 온 남자는 갑자기 발걸음을 멈추고 팔짱을 풀었다.

"자네는 지미 웰스가 아니네."

그가 갑자기 소리쳤다.

"아무리 20년이나 지났다고 해도 매부리코를 바꿀 수는 없지."

"그렇지만 선량한 사람이 악하게 변하기도 하지요."

키 큰 남자가 말했다.

"이봐, 당신은 10분 전부터 체포된 사람이야. 시카고에서 연락이 왔지. 당신이 뉴욕에 들를 가능성이 있다고 말이야. 그곳에서 자네와 할 이야기가 있다고 협조해 달라는 요청을 받았어. 순순히 따라오는 게 좋을 거야. 그리고 경찰서로 가기 전, 당신에게 전해 달라고 부탁받은 쪽지가 있어. 지금 창문 불빛에 비춰서 읽어도 좋아. 이곳을 순찰하던 웰스 경관이 줬어."

서부에서 온 남자는 경찰관이 전해 준 작은 쪽지를 펼쳐 들었다. 쪽지를 읽기 시작할 때만 해도 아무렇지도 않았던 그의 손은, 쪽지를 다 읽을 무렵에는 조금씩 떨리고 있었다. 내용은 간단했다.

밥, 나는 정시에 약속 장소에 도착했어. 하지만 자네가 담뱃불을 붙일 때, 시카고에서 찾고 있는 수배범이라는 걸 알았지. 하지만 내 손으로 직접 자네를 체포할 수는 없었어. 그래서 자리를 피하고 다른 경찰에게 그 일을 부탁했네.

-지미

가구가 딸린 셋방

뉴욕시 웨스트사이드 아래에 있는 지역에는 붉은 벽돌집이 늘어서 있었다. 수많은 사람이 변하는 시간처럼 셋방을 들고나는 게 꼭 손에 잡히지 않는 시간의 흐름을 그대로 닮은 것처럼 보였다. 그들은 집이 없었기 때문에 수백 채를 가진 것과 같았다. 그들은 가구가 딸린 셋방을 옮겨 다니는 영원한 나그네였고, 거처뿐만 아니라 정신과 영혼까지도 머무르기를 거부하는 철새였다. 그들은 〈즐거운 나의 집〉을 래그타임(재즈의 요소 중 하나인 피아노의 연주 스타일) 분위기로 부르고, 종이 상자 안에 가재도구들을 가지고 다녔다. 그들에게는 챙이 넓은 모자에 달린 꽃 장식이 담쟁이덩굴과 같았고, 화분 속 고무나무가 마당의 무화과나무나 다름없었다.

이런 지역에는 수많이 사람이 떠돌며 살고 있었기 때문에 집마다 수천 개의 이야기가 숨어 있었다. 나그네가 머무는 곳에 유령 한둘쯤 발견되지 않는 게 더 이상한 일이 아닌가.

어느 날 저녁이었다. 한 청년이 집마다 초인종을 누르며 붉은 벽돌집을 돌아다녔다. 그는 열두 번째 집에 다다랐을 때, 계단 위에 초라한 손가방을 내려놓고는 모자와 이마에 묻은 먼지를 털었다. 초인종 소리는 깊은 어딘가에서 울리는 듯 저 멀리서 희미하게 들렸다.

그가 초인종을 누른 이 열두 번째 집 현관문이 열렸고 한 부인이 나왔다. 그 여자의 몰골은 마치 열매 속을 다 갉아먹고, 또 다른 먹이를 받아 그 속을 채우려는 해충을 연상시켰다.

그는 세놓을 방이 있는지 물었다.

"들어오세요. 3층 뒤편에 일주일 전부터 비어 있는 방이 있어요. 보실래요?"

집주인의 목소리는 목구멍에 잔털이 꼼꼼하게 박혀 있는 게 아닐까 하는 의심이 들 정도였다.

청년은 그녀를 따라 카펫이 깔린 계단을 올라갔다. 어디에선가 희미한 빛이 새어 나와 주위가 조금 환해졌다. 바닥의 카펫은 너무 낡아서 푸성귀처럼 보였고, 햇빛을 받지 못했는지 곳곳에 이끼마저 끼어 있었다. 카펫을 밟을 때마다 뭔가 끈적끈적한 게 발에 달라붙는 기분이었다. 계단의 모퉁이를 돌 때마다 움푹 들어간 벽이 보였는데, 한때는 그곳에도 식물이 뿌리를 내렸을 것이다. 하지만 썩은 냄새와 숨 막히는 공기 때문에 이내 죽었으리라. 혹시 성도들의 조상이 있었을지라도 귀신이나 악마가 깊은 어둠 속으로 끌고 가 부정한 지옥의 구덩이에 던졌을지도 모른다.

"이 방이에요."

부인은 잔털이 난 목구멍에서 나오는 듯한 목소리로 말했다.

"좋은 방이에요. 비어 있을 때가 별로 없었어요. 지난여름에는 교양 있는 사람들이 머물다 갔지요. 말썽 한번 부린 적없었고, 집세를 밀린 적도 없었어요. 스프롤스와 무니도 이방에서 석 달이나 머물렀어요. 소극장에서 촌극을 하는 사람들이었는데, 이름은 모르겠어요. 브레타 스프롤스라고 했는데…… 아, 참. 그건 무대에서 쓰는 예명이라고 했어요. 가스는 이쪽에 있고, 수도는 복도 끝에 있어요. 보시면 알겠지만옷장이 참 커요. 그래서 누구나 이 방을 참 좋아해요. 짐이 빠지기 무섭게 새 사람들이 차는 방이에요."

"연극하는 사람들이 여기 자주 오나요?"

청년이 물었다.

"그런 사람들이 들어왔다 나가긴 하지요. 투숙객 대부분은 연극과 관련된 일을 하는 사람이라고 보면 돼요. 주변에 극장이 많으니까 당연한 일이지요. 배우들은 절대 한곳에 오래 머물지 않아요. 이곳도 예외는 아니고요."

그는 일주일 치 방세를 미리 주겠다고 말하고는 방을 계약했다. 그가 피곤하다며 지금 당장 방을 쓰겠다고 돈을 꺼내 주자, 부인은 수건이나 물도 이미 준비되어 있다고 말했다. 부인이 막 나가려고 할 때였다. 그는 여러 집을 돌면서 수천 번이나 물었던, 혀끝에서 맴돌던 질문을 뱉었다.

"이 집에 머문 사람 중에 배시너, 엘로이즈 배시너라는 젊은 아가씨가 있었나요? 아마 무대에서 노래를 불렀을 거예요. 아주 아름다운 아가씨지요. 적당한 키에 몸매는 호리호리하고, 붉은 기가 도는 금발에 왼쪽 눈썹 언저리에 검은 점이 있어요."

"글쎄, 모르겠네요. 그런 이름은 생각이 안 나요. 무대에서는 사람들은 방을 옮길 때마다 이름도 바꾸잖아요. 그들은 그저 드나드는 사람일 뿐이라서요. 다시 생각해 봐도 전혀 기억나지 않네요."

언제나 돌아오는 대답은 모른다는 것이었다. 그는 5개월 동안 쉬지 않고 같은 질문을 했지만, 모른다는 대답만 들었다. 매일 낮에는 지배인, 중개업자, 학교, 합창단을 찾아다녔고, 밤에는 유명인이 출연하는 극장에서 관객들을 붙잡고 수없이 물었다. 싸구려 소극장을 찾아다닐 때는 혹시라도 그런 곳에서 그녀를 만나게 될까 봐 걱정되었다. 그는 사랑하는 그녀를 찾기 위해 애썼다. 그는 그녀가 가출한 후 물로 둘러싸인 이 도시 어딘가에 있을 거라고 확신했다. 그러나 이 도시는 모래알이 끊임없이 움직이는 거대한 모래 늪 같았다. 위쪽에 있던 모래알이 내일이면 저 아래 깊이를 알 수 없는 진흙 속에 묻혀 버리는 것과 같았다.

이 가구가 딸린 셋방은 매춘부의 호탕한 웃음처럼 요란할 뿐, 정이 없었다. 겉으로만 친절하게 새로운 손님을 맞이했다. 어슴푸레하게 반사하는 빛 속에서 벌레 먹은 가구, 다 헤진 소파와 의자에 걸쳐진 누더기, 창문 사이에 걸린 30센티미터 폭의 싸구려 거울, 금박 액자 한두 개와 구석에 놓여 있는 놋쇠 침대 같은 것들이 거짓된 아늑함을 억지로 불러일으키고 있었다.

손님이 힘없이 의자에 기대는 동안, 이 방은 이곳이 마치 바벨탑에 마련된 숙소라는 듯이 그동안 이곳을 오고 간 사람들의 이야기를 하려는 것처럼 보였다.

화려한 빛을 띤 오색의 양탄자는 꽃이 만발한 네모난 열대 지역의 섬처럼 꾸며져 있었고 벽지를 바른 벽에는 이 집, 저 집을 전전하며 지내는 사람들이 들고 다닌 그림들이 걸려 있었다. 〈위그노의 연인들〉, 〈첫 번째 말싸움〉, 〈결혼식의 아침 식사〉, 〈샘가의 프시케 여신〉 같은 것이었다. 아마존에 사는 여인들이 춤을 출 때 허리에 걸치는 허리띠처럼 비스듬하게 걸려 있는 커튼은 수수한 벽난로의 윤곽을 가리고 있었다. 그 위에는 운이 좋게 새로운 항구로 항해하게 되어 이 집을 떠나면서 버리고 간 쓸모없는 물건, 허름한 한두 개의 꽃병과 여배우의 사진, 약병, 짝이 맞지 않는 카드 같은 잡동사니가 어지럽게 놓여 있었다.

이 셋방에 살았던 사람들이 남긴 작은 흔적들이 암호처럼 숨겨져 있다가 하나씩 그 의미를 드러내고 있었다. 화장대 앞에 있는 낡은 융단은 예쁜 아가씨들이 몰려왔다는 것을, 벽에 나 있는 작은 손가락 자국은 감옥 같은 이 방에 갇혀 있던 아이들이 햇빛과 신선한 공기를 찾아 더듬은 흔적들이었다. 폭탄이 터지면서 남긴 파편 같은 희미한 얼룩은 내용물이 들어 있는 유리잔이나 병을 벽에 던져 부숴 버린 사건이 있었다는 것을 설명해 주었고, 누군가 벽 거울 위에 뾰족한 것으로 '마리'라는 이름을 아무렇게나 휘갈겨 쓴 흔적도 있었다. 이 방에 머물렀던 몇몇 사람은 겉만 화려한 이 방의 냉정함에 참을성을 잃고 화풀이를 한 것처럼 보였다. 가구는 하나도 성치 않았다. 용수철이 뒤틀려서 솟아 나온 소파는 기괴한 경련을 앓다가 죽은 괴물처럼 보였다. 어떤 힘이 가해졌는지 대리석으로 만든 벽난로 장식은 큰 조각이 떨어져 있었고, 마룻바닥조차 조각조각 나름의 고통을 겪은 듯 가련한 소리와 비명을 내지르고 있었다. 잠시나마 이 방을 자기의 집이라고 여기고 머물렀던 사람들이 이런 상처들을 남겨 놓았다고는 믿을 수 없었다. 어쩌면 이 방이 자신의 것이 아니라는 것을 깨닫고, 영원히 머무를 수 없다는 사실에서 시작된 분노일 수도 있다. 누추한 오두막이라고 할지라도 자기 집이었다면 아끼고 가꿨을 것이다.

청년이 의자에 앉아 이런 생각을 이어 나가는 동안, 셋집이라면 익숙할 소리와 냄새가 방 안으로 들어왔다. 어떤 방에서는 참을 수 없다는 듯 킥킥거리는 소리가 들리는가 싶더니, 이 방 저 방에서 혼자 야단법석을 떠는 소리, 주사위 굴리는 소리, 자장가 소리, 흐느끼는 소리가 들렸다. 위층에서는 누군가가 서툴지만 흥겹게 밴조(미국의 대표적인 민속 발현 악기)를 연주했다. 어떤 방에서는 문을 '꽝' 소리 나게 닫았고, 이 근처를 지나가는 기차는 경쾌하게 경적을 울렸고, 고양이 한 마리가 뒷담 위에서 처량하게 울었다. 그는 축축한 방 안의 악취, 아니 냄새라기보다는 눅눅한 공기를 마셨다. 지하실에서 올라올 법한 퀴퀴한 냄새와 마룻바닥의 리놀륨 냄새가 뒤섞여 있었다. 곰팡이가 핀 썩은 목조 주택에서 풍기는 악취였다.

그때 갑자기 물푸레나무의 강렬하면서도 달콤한 향기가 방 안을 채웠다. 한 줄기 바람에 실려 오는 정도였지만 강렬하고 향기로웠으며, 너무나 생생해서 마치 살아 있는 방문객 같았다. 청년은 누가 자기를 부르기라도 한 듯 "여보, 무슨 일이야?" 하고 큰 소리로 외치면서 벌떡 일어났다. 그는 주변을 두리번거렸다. 그 강렬한 향기는 사라지지 않고 그의 주변에 머물러 있었다. 그는 그 향기를 잡으려는 듯 팔을 뻗었고, 그 순간 매우 혼란스러워졌다. 어떻게 향기가 이렇게 선명하게 누군가를 부를 수 있을까? 하지만 소리가 들린 것만큼은 확실했다. 자기를 부르고 만지기까지 한 것은 분명히 소리였다.

"그녀는 분명 이 방에 머물렀어."

그는 소리치면서 그녀의 흔적을 찾기 위해 주변을 살폈다. 그녀가 가지고 있었거나 만졌던 것이라면 아주 작은 물건이라고 해도 알아볼 수 있었다. 방을 에워싼 물푸레나무 향기는 그녀가 너무 좋아해서 그녀의 향기가 되어 버린 그 냄새였다. 도대체 이 향기는 어디에서 오는 것일까?

방은 대충 정리된 상태였다. 얇은 화장대 덮개 위에는 머리핀이 여러 개 흩어져 있었지만, 머리핀은 대부분 여자가 평소에 잘 사용하는 것이기 때문에 원래 주인이 어떤 마음으로 언제 사용했는지 조금도 알 수 없었다. 그는 주인을 결코 알 수 없는 머리핀은 무시하기로 했다. 이윽고 그는 화장대 서랍을 뒤져서 누군가 버리고 간 작고 해어진 손수건을 찾았다. 그는 손수건을 얼굴에 가져다 댔다. 손수건에서는 독한 향내가 났다. 그는 손수건을 급하게 마룻바닥에 던져 버렸다. 다음 서랍에는 짝이 맞지 않는 단추들, 연극 홍보 책자, 전당표, 꿈 풀이 책 한 권이 있었다. 서랍의 맨 아래에는 검정 비단으로 만든 머리 리본이 있었는데, 그는 그 리본을 보고 멈칫하면서 안절부절못했다. 그렇지만 검은색 리본도 여성들이 흔히 쓰는 장식물이라서 어떤 단서도 찾을 수 없었다.

서랍을 다 뒤진 그는 마치 사냥개처럼 냄새를 찾아 방 안을 헤집고 다녔다. 그녀의 흔적을 찾겠다는 듯 벽을 훑었고, 엎드려서 카펫의 불룩하고 솟아난 곳곳을 들춰 봤다. 벽난로, 식탁, 커튼, 옷걸이, 술에 취한 것처럼 삐딱하게 서 있는 모퉁이의 서랍장까지 모두 뒤졌다. 그녀가 그의 옆에서, 뒤에서, 그리고 위에서까지 모든 곳에서 그에게 매달려 구애하고 불렀기 때문에 그의 무딘 감각으로도 그녀의 부름을 들을 수 있었다. 하지만 그 어디에서도 그녀의 흔적을 찾을 수는 없었다.

"그래, 여보!"

그는 다시 한번 크게 소리쳤다. 뒤돌아서서 눈을 크게 뜨고 허공을 응시했다. 아직도 그는 물푸레나무 향기 속에서 그 어떤 모습이나 색, 사랑, 자신을 향해 벌린 팔을 찾을 수 없었다.

"오, 신이시여! 이 향기는 도대체 어디에서 나는 걸까요.

그리고 언제부터 향기가 목소리를 가졌던가요?"

그는 방 안 구석구석을 모조리 살폈다. 코르크 마개와 담배꽁초가 나왔지만, 그의 관심 밖이었다. 그러다가 카펫이 접힌 곳에서 반쯤 피우다 만 시가가 나오자, 그는 욕설을 내뱉으면서 그것을 발로 짓밟았다. 그는 방의 끝에서 끝까지 샅샅이 뒤졌다. 하지만 그가 발견한 것이라고는 수많은 나그네가 이 방에 남기고 간 쓸모없고 초라한 물건들뿐이었다. 그가 그토록 찾아 헤매는 그녀, 여기 셋방에 머물렀을지도 모르는 그녀, 그 영혼이 맴도는 것 같은 그녀의 흔적은 어디에서도 찾을 수 없었다.

그러다가 그는 집주인이 생각났다. 그는 귀신이 떠도는 것 같은 방에서 나와 계단을 뛰어 내려갔다. 그러고는 빛이 새어 나오는 방 앞에서 멈췄다. 노크 소리에 여주인이 밖으로 나왔다. 그는 애써 흥분을 억누르고 말했다.

"혹시 말이지요. 제가 오기 전에 누가 그 방에 머물렀는지 알 수 있을까요?"

그는 애원하듯 말했다.

"물론이지요. 아까도 말했지만, 스프롤스와 무니 부부가 머물렀어요. 브레타 스프롤스는 극장에서 사용하는 이름이고, 실제 이름은 무니 부인이에요. 우리 집은 점잖은 사람이 많이 찾아오지요. 그래서 평판이 좋아요. 그 아가씨는 결혼

증명서도 액자에 끼워서 저쪽 벽에 걸어 놓았어요."

"스프롤스 부인은 어땠나요? 그러니까 제 말은 그분의 외모를 묻는 거예요."

"음, 그녀는 검은색 머리카락에 키가 작고 몸이 통통했어요. 코는 조금 익살스러웠고요. 그들 부부는 일주일 전 화요일에 떠났어요."

"그들이 살기 전에는 누가 있었나요?"

"운수업을 하는 독신 남자였어요. 점잖은 양반이었지만 일주일 숙박료를 내지 않고 도망갔어요. 그 전에는 클라우더 부인이 어린아이 둘을 데리고 4개월 동안 살았고, 그 전에는 도일이라는 어떤 노인이 지냈어요. 그게 아마 1년 전인데, 그 이전은 기억나지 않네요."

그는 집주인에게 고맙다고 인사한 후 풀이 죽은 채 조용히 방으로 돌아왔다. 방은 아주 고요했다. 그 방에 생기를 불어넣던 물푸레나무 향기는 사라졌고, 그 대신 곰팡이 낀 가구와 환기가 되지 않는 퀴퀴한 공기만이 그곳을 채우고 있었다.

그녀를 찾을 수 있겠다는 희망이 사라지자, 그의 믿음도 흔들리기 시작했다. 그는 노란빛을 띠며 흔들거리는 가스등을 멍하니 바라봤다. 잠시 후 그는 침대로 걸어가 침대보를 갈기갈기 찢기 시작했다. 조각난 천을 칼끝을 이용해 창문과 문 주위의 틈새에 끼워 넣었다. 그는 그렇게 완벽하게 틈을

메우고 등불을 끄고 가스를 완전히 틀어 놓은 다음 기분 좋게 침대 위에 드러누웠다.

그날은 매클 부인이 맥주를 가져가는 차례였다. 그래서 그녀는 맥주 통을 들고 벌레가 기어 다니지만 동네 아주머니들이 모이는 지하로 가서 퍼디 부인과 마주 앉았다.

"오늘 저녁에 3층 뒷방이 나갔어요."

퍼디 부인은 거품이 부드럽게 올라온 맥주를 앞에 두고 말했다.

"젊은 남자인데, 두 시간 전에 자러 올라갔어요."

매클 부인은 칭찬하는 투로 크게 말했다.

"그런 방을 세놓다니, 정말 대단해요. 그런데 그 사실은 이야기했나요?"

그녀는 비밀이라도 되는 것처럼 속삭였다.

"방에 가구까지 넣은 이유가 뭐였겠어요. 그 말은 안 했어요."

"부인 말이 맞아요. 세를 놓아야지요. 우리 모두 집세로 먹고사는 신세잖아요. 정말 사업을 잘하시네요, 부인. 그 방 침실에서 자살한 사람이 있었다는 얘기를 듣는다면 아무도 그 방에 묵으려고 하지 않을 거예요."

"맞아요. 우리도 먹고살아야지요."

퍼디 부인이 말했다.

"당연한 말이에요. 일주일 전 오늘 3층 뒷방을 수습하는 걸 제가 도왔지요. 가스를 틀어 두고 자살하기엔 참 아름다운 아가씨였어요. 얼굴도 작고 귀여웠는데 말이지요."

"그래, 맞아요. 예뻤지요."

퍼디 부인은 동의하는 듯하더니 흠 하나를 잡았다.

"왼쪽 눈썹 옆에 까만 점만 없었다면 말이지요. 매클 부인, 한 잔 더 주세요."

백작과 결혼식 손님

　어느 날 저녁, 2번가에 있는 하숙집으로 돌아온 앤디 도너
번은 새로 하숙을 들어온 콘웨이라는 젊은 여자를 스코트 부
인에게 소개받았다. 빛바랜 드레스를 입고 있던 그녀는 키가
작고 조용했는데, 접시 위에 놓인 음식밖에 관심이 없다는 듯
한 모습이었다. 도너번이 나직한 목소리로 자신을 정중하게
소개했을 때, 그녀는 잠깐 고개를 들고 그를 한번 쳐다보더니
다시 양고기를 먹는 데 집중했다. 도너번은 사교 활동과 사
업, 정치와 같은 모든 면에서 빠르게 출세하는 데 도움을 준
쾌활하고 우아한 미소로 인사를 건넸지만, 이내 그녀에 대한
관심을 꺼 버렸다.

　2주일 후, 도너번은 현관 계단에 앉아 담배를 피우고 있었
다. 그때 계단 위쪽에서 옷자락이 스치는 작은 소리가 들렸

다. 그는 뒤를 돌아봤다.

콘웨이가 문을 열고 나오고 있었다. 그녀는 밤처럼 까만 비단옷, 크레이프 비단이라고 하는 부드럽고 얇은 비단으로 만든 드레스를 입고 있었다. 그녀가 쓰고 있는 모자 역시 검은색이었다. 거미줄처럼 속이 다 비치는 검정 베일이 모자 아래로 늘어져 있었다. 그녀는 계단 맨 위에 서서 까만 비단 장갑을 꼈다. 그녀의 옷은 다른 색이라고는 전혀 없는 완벽한 검정이었다. 윤기 있는 금발은 목 아래로 묶어서 그 아래로 늘어뜨렸다. 아름다운 얼굴은 아니었지만, 그녀는 다른 사람의 마음을 흔들 만큼 슬픈 표정을 짓고 있었다. 그녀의 커다란 회색 눈망울은 건너편 지붕 위의 먼 하늘을 응시하고 있었는데, 그래서인지 그녀의 얼굴이 아름답게 보였다.

여성이라면, 이 조합을 기억해야 한다. 온통 검은색으로 몸을 감싸야 한다. 그것은 크레이프라는 얇은 비단이어야 한다. 검은 드레스 위에는 슬픔에 잠긴 얼굴, 검은 베일 아래에는 빛나는 금발이 필수다. 그리고 죽음의 문턱을 뛰어넘으려는 찰나에 인생이 끝나기만을 기다릴지언정 공원을 산책하면 나아질 거라는 표정을 지으면서 적절한 때에 문을 나서야 한다. 이렇게 하면 어떤 남자라고 해도 넘어오기 마련이다. 상복을 두고 이렇게 이야기하는 것이 심하다고 할 수도 있다. 나도 참 냉정한 인간이다!

도너번은 자신이 관심을 두어야 할 목록에 콘웨이라는 이름을 넣어 두었다. 그는 아직 8분 동안 더 피울 수 있는 담배를 버리고 몸의 중심을 가죽 구두로 옮겼다.

"콘웨이 양, 참 맑고 상쾌한 저녁입니다."

만일 기상청에서 자신감 넘치는 그의 목소리를 들었다면, 청명한 날씨를 알리는 백기를 깃대에 달았을지도 모른다.

"그걸 즐길 만한 사람들에게나 좋은 날씨겠지요."

콘웨이는 한숨을 쉬면서 말했다.

도너번은 마음속으로 좋은 날씨를 원망했다. 인정이라고는 없는 날씨였다. 콘웨이의 기분과 어울리도록 우박이 쏟아지거나 바람이 불고 눈보라가 쳐야 했다.

"혹시 친척이 돌아가신 건가요?"

도너번은 용기를 내서 물었다.

"아니요. 친척이 죽은 건 아니에요."

콘웨이는 주저했다.

"제 슬픔을 당신에게 강요하고 싶지 않아요."

"강요라니요?"

도너번은 반발하듯 말했다.

"별말씀을 다 하시네요. 저에게도 알려 주세요. 저는 당신의 슬픔과 함께하고 싶어요. 그러니까 당신의 마음에 공감할 사람이라는 말입니다."

콘웨이는 살짝 미소를 띠었다. 그러자 그녀의 얼굴은 웃기 전보다 더 슬퍼 보였다.

"웃어라. 그러면 세상 사람들이 너와 함께 웃을 것이다. 슬퍼하라. 그러면 사람들은 너에게 웃음을 줄 것이다.'라는 말이 있어요. 이건 제가 깨달은 내용이에요, 도너번 씨. 이 도시에는 제 친구라고 할 만한 사람은커녕 지인조차 한 명도 없어요. 그런데 이렇게 저에게 친절하게 대해 주시다니 감사할 뿐이에요."

그러나 그가 콘웨이에게 친절을 베푼 일이라고는 식사 시간에 후춧가루 병을 두어 번 건넨 일뿐이었다.

"뉴욕에서 혼자 지낸다는 건 참 어려운 일이에요. 누구에게나 힘든 일이지요. 하지만 이 낡은 도시와 허물없이 가까워진다면 둘도 없는 친구가 될 수 있습니다. 공원에서 산책하다 보면 혹시라도 울적한 마음이 가벼워지지 않을까요? 괜찮으시다면, 제가 함께……."

"고마워요, 도너번 씨. 마음속에 우울함이 가득한 사람과의 동행이 괜찮으시다면, 저는 좋아요."

두 사람은 철제 난간으로 둘러싸인 오래된 공원의 입구에 들어섰다. 이 공원은 신분이 높은 사람들이 즐겨 거닐던 공원이었다. 그들은 조용한 벤치를 발견했다.

젊은 사람과 노인의 슬픔에는 차이가 있다. 젊은 사람은 그의 슬픔을 다른 사람과 나누면 그만큼 덜어지게 된다. 하지만 노인은 다른 사람과 슬픔을 나누어도 줄어들지 않는다.

"저에게는 약혼자가 있었어요."

산책한 지 한 시간이 지나자, 콘웨이는 속마음을 털어놓았다.

"돌아오는 봄에 그와 결혼하기로 되어 있었어요. 그는 백작이었어요. 거짓말이라고 생각하지는 말아 주세요. 그분은 정말 백작이었어요. 이탈리아에 성과 땅을 갖고 있었지요. 그의 이름은 페르난도 마치니였어요. 저는 이제껏 그만큼 우아한 사람을 본 적이 없었어요. 아버지는 우리의 결혼을 반대하셨고, 우리는 사랑의 도피를 하기까지 했어요. 물론 아버지가 뒤쫓아 와서 저는 다시 집으로 끌려 들어갔어요. 아버지는 페르난도와 결투까지 벌일 분이셨어요. 아버지는 포킵시에서 말을 사육하고 대여하는 일을 하세요.

그런 아버지가 결국 마음을 바꾸시고는 내년 봄에 결혼해도 좋다고 허락하셨어요. 페르난도는 아버지에게 자신의 작위와 영지 소유권이 있다는 증거를 내보이고, 앞으로 우리가 살게 될 성을 꾸미겠다고 이탈리아로 건너갔어요. 아버지도 만족하셨어요. 페르난도가 아버지에게 혼수 비용으로 수천 달러를 주겠다고 하자, 아버지는 노발대발하며 단호하게 거절하셨어요. 선물은 고사하고 반지 하나도 받지 않겠다고 하셨지요. 그렇게 페르난도는 배를 타고 떠났고, 저는 뉴욕으로 와서 제과점에서 일했어요.

사흘 전이었어요. 이탈리아에서 온 편지 한 통이 포킵시를 거쳐 제 손에 도착했어요. 페르난도가 곤돌라 사고로 죽었다는 내용이었어요. 바로 그 이유로 상복을 입고 있는 거예요.

제 마음은 영원히 그분의 무덤 속에 머물 거예요. 제가 당신에게 좋은 말벗이 되지는 못하지요? 하지만 머릿속에는 온통 그분 생각뿐이에요. 같이 웃고 떠들 수 있는 친구들을 두고 아무 즐거움도 없는 저와 함께 울적한 이야기를 나누게 된 건 죄송해요. 아마 당신은 집으로 돌아가고 싶겠지요?"

여성들이여! 만약 젊은 남자가 삽과 곡괭이를 찾아 허둥지둥 대는 꼴을 보고 싶다면, 당신의 심장이 다른 남자의 무덤 속에 있다고 말하라. 젊은 남자란 본능적으로 무덤을 파헤칠 것이다. 모든 미망인에게 물어보면 알 것이다. 크레이프 비단옷을 입고 눈물을 흘리는 천사의 심장을 다시 뛰게 해 주기 위해 그들은 어떤 일이든 할 것이다. 그렇게 볼 때 가장 불쌍한 사람은 죽은 남자다.

"정말 안됐네요."

도너번이 부드럽게 말했다.

"아직은 집으로 돌아가고 싶지 않네요. 그리고 이 도시에 친구가 하나도 없다는 말은 하지 마세요. 제 마음도 정말 슬퍼집니다. 저는 당신의 친구이고, 당신의 일 때문에 제 마음도 아주 슬프다는 걸 꼭 알아주었으면 해요."

"그의 사진은 이 목걸이 안에 있어요."

콘웨이가 손수건으로 눈물을 닦으며 말했다.

"아무에게도 보여 준 적이 없지만, 당신에게는 보여 드릴게요. 당신이 나의 진정한 친구라고 믿으니까요."

도너번은 목걸이 안에 담긴 그 남자의 사진을 오랫동안 바라보았다. 콘웨이가 보여 준 백작의 얼굴은 굉장히 매력적이었다. 부드러운 인상에 미남에 가까운 얼굴이었다. 자신이 어울리는 사교계 모임에서 주도자로 있다고 해도 믿을 만큼 능력 있고 쾌활한 인상이었다.

"제 방에는 이것보다 더 큰 사진을 액자로 걸어 두었어요. 집에 가면 보여 드릴게요. 페르난도를 떠올릴 물건이라고는 그것뿐이에요. 하지만 그는 제 마음속에 영원히 살아 있을 거예요. 이것만큼은 변하지 않는 일이지요."

이제 도너번에게는 아주 미묘한 과제가 떨어졌다. 콘웨이의 마음을 차지하고 있는 불행한 백작을 밀어내고, 그 안에 자신이 대신 들어가야 하는 임무였다. 하지만 이 결심은 오로지 그녀를 위한 사모의 마음 때문이었다. 이 엄청난 과제 앞에서도 그의 마음은 중압감을 느끼지 않았다. 그는 그녀의 슬픔에 공감하면서도 유쾌함을 잃지 않는 친구가 되려고 노력

했다. 그는 어찌나 이 역할을 잘 해냈는지, 30분이 지나 그들은 아이스크림 두 개를 사이에 두고 진지한 대화를 할 정도가 되었다. 물론 그녀의 커다란 잿빛 눈의 슬픔은 여전했지만 말이다.

그날 저녁, 복도에서 둘이 헤어지기 전이었다. 그녀는 위층으로 뛰어 올라가 하얀 비단 스카프로 예쁘게 싼 액자를 가지고 내려왔다. 도너번은 그 사진을 보면서 속을 알 수 없는 눈빛을 비췄다.

"이탈리아로 떠나던 밤에 그분이 이 액자를 쳤어요. 목걸이 속 사진도 이 사진으로 만들었고요."

"정말 미남이시네요."

도너번은 진심으로 말했다.

"콘웨이 양, 혹시 돌아오는 일요일 오후에 저와 함께 코니아일랜드에 가 주실 수 있나요?"

그 일이 있은 지 한 달 후, 그들은 스코트 부인과 하숙생들에게 약혼 소식을 전했다. 콘웨이는 여전히 검은색 옷을 입고 다녔다.

약혼 발표를 하고 일주일 뒤, 두 사람은 지난번에 함께 시간을 보냈던 중심가 공원의 그 벤치에 앉았다. 흔들리는 나뭇잎과 달빛 아래에서 그들은 마치 흐릿한 영화의 한 장면처럼 보였다. 그러나 도너번은 온종일 넋이 나간 표정이었다. 그날 저녁 따라 그는 유난히 말이 없었고, 그의 표정은 너무 무덤 덤했다. 콘웨이는 더는 참을 수 없어서 물었다.

"앤디, 왜 그래요? 오늘 저녁 내내 왜 이렇게 언짢은 표정 인 거지요? 혹시 무슨 일이 있나요?"

"아무 일도 아니야."

"제가 모른다고 생각하는 건가요? 분명 어떤 일이 있는 게 분명해요. 궁금해요. 지금 생각하고 있는 여자가 따로 있는 거지요? 그 여자가 보고 싶다면 당장 가세요. 이 팔 당장 치워 요!"

"그럼 어쩔 수 없지. 얘기할게. 하지만 당신은 내 말을 정 확하게 이해할 수 없을 거야."

도너번은 조심스럽게 말을 꺼냈다.

"마이크 설리번이라는 사람에 관해 들어 본 적 있어? 모든 사람이 '빅 마이크 설리번'이라고 부르지. 그만큼 대단한 인 물이야."

"아니, 들어 본 적 없어요. 만약 그 사람 때문에 당신이 이 런 거라면 알고 싶지도 않아요."

"그는 뉴욕에서 가장 힘이 있는 사람이야."

앤디는 경건하게 말했다.

"그가 나서면 안 되는 일이 없어. 그의 위상을 크기로 따 지자면, 하늘처럼 높고 이스트 강만큼이나 넓다고 생각하면

돼. 만약 당신이 마이크에 대해 험담이라도 한다면, 순식간에 100만 명이 몰려들어서 당신을 공격할지도 모를 정도라고. 얼마 전에 그분이 유럽에 방문했을 때는 왕 행세를 하던 사람들이 놀라서 쥐구멍을 찾기까지 했어. 바로 이런 마이크가 내 친구란 말이야. 나는 세상에 영향력이 티끌도 없지만, 마이크는 신분의 높고 낮음과 상관없이 부자든 가난한 사람이든 누구에게나 똑같이 대해 주는 훌륭한 친구야. 오늘 내가 그를 바워리가에서 만났는데, 그가 먼저 다가와서 악수를 청했어. 그가 말했지. '앤디, 나는 자네가 하는 일을 계속 지켜보고 있다네. 자네가 자랑스러워. 뭘 마시겠나?' 그는 담배를 꺼내 피웠고, 나는 하이볼을 마셨어. 그리고 2주일 후에 결혼한다는 소식을 전했지. '앤디, 초청장을 보여 줘. 꼭 기억했다가 결혼식에 갈 테니까.' 그는 자기가 한 말은 꼭 지키는 사람이야. 당신은 이해할 수 없겠지만, 나는 내 팔 하나를 잘라내는 일이 있더라도 그를 꼭 결혼식에 초대하고 싶어. 내 평생에 가장 자랑스러운 날이 될 테니까. 그가 누군가의 결혼식에 참석한다면, 그것만으로도 최고의 결혼식을 하는 셈이야. 바로 이 이유로 내가 침울한 거야."

"그렇다면 그분을 초대하면 되잖아요. 그렇게 바라는 일이라면요."

매기가 말했다.

"그를 초대할 수 없는 이유가 있어."

앤디의 목소리는 침통했다.

"그가 결혼식에 와서는 안 되는 이유가 있는데, 그 이유는 묻지 말아 줘. 말할 수가 없으니까."

"아, 나는 궁금하지 않아요. 보나 마나 정치적인 이유겠지요. 그런데 그게 저에게까지 우울하게 대할 이유가 되나요?"

"매기."

잠시 후 앤디가 말했다.

"당신은 나를 그 백작이라는 사람만큼 생각하기는 해?"

그는 오랫동안 기다렸지만, 매기는 대답하지 않았다. 그러다가 갑자기 그녀는 그의 어깨에 기대어 울기 시작했다. 그녀는 그의 팔에 매달려 온몸을 흔들며 흐느꼈고, 크레이프 비단드레스는 눈물로 젖었다.

"이런, 이런. 갑자기 왜 그러는 거야?"

앤디는 자신의 괴로움은 미뤄 두고 그녀를 위로했다.

"앤디."

매기는 흐느끼며 말했다.

"저는 당신에게 거짓말했어요. 이제 저와 결혼하려고 하지 않을 거예요. 그래도 진실을 말하겠어요. 앤디, 저는 백작은커녕 백작의 손끝조차 구경해 본 적이 없어요. 살면서 남자 친구가 한 번도 없었어요. 하지만 저만 빼고 모든 여자가 멋진 남자들을 만나더라고요. 게다가 그녀들이 애인 이야기를 꺼내면, 다른 남자들이 더더욱 관심을 보였어요. 그리고 앤디, 당신도 알다시피 검은색 옷은 저를 돋보이게 만들어 줘요. 그래서 저는 상점에서 지난번에 보여 준 그 액자를 사고, 목걸이 크기에 맞게 작은 사진도 만들었어요. 그리고 백작과 그의 죽음에 대해 이야기를 꾸몄어요. 검은 옷을 입을 수 있도록 백작을 죽은 사람이라고 했어요. 이런 거짓말쟁이를 사랑할 사람은 아무도 없겠지요. 앤디, 당신은 저를 버릴 거예요. 그렇게 되면 저는 부끄러워서 죽어 버릴지도 몰라요. 아, 제가 좋아한 사람은 당신밖에 없어요. 정말이에요.”

앤디는 그녀를 밀치지 않았다. 오히려 그녀를 더욱 꼭 안아 주었다. 그녀는 고개를 들어 그를 쳐다봤다. 그의 얼굴에는 그늘이 사라지고 미소가 번져 있었다.

“앤디, 나를 용서해 줄 수 있나요?”

“용서해.”

앤디가 말했다.

“그 문제는 신경 쓰지 마. 백작이 죽었다는 이야기까지 전부 괜찮아. 지금 당신은 비뚤어진 모든 것을 바로 정리했어. 나는 당신이 결혼식 전에 그렇게 해 주길 바랐어. 이런 말괄량이 아가씨!”

“앤디, 당신은 내가 말한 백작 이야기를 전부 다 믿었나요?"

자신이 용서받았다는 사실을 확인한 매기가 물었다.

"아니, 완전히 믿은 건 아니었어."

앤디는 담뱃갑을 꺼내면서 말했다.

"당신 목걸이 사진함에 든 사진의 주인공은 바로 마이크 설리번이었거든."

손질된 등불

물론 지금 거론하는 문제는 두 가지 관점이 있다. 그중 하나를 살펴보기로 하자. 우리는 '상점 아가씨'라는 말을 종종 접한다. 그런 사람은 없는데도 말이다. 그저 상점에서 일하는 아가씨가 있을 뿐이다. 그들은 상점에서 일하고 돈을 번다. 그런데 왜 그들의 일터가 형용사로 쓰이는 것일까? 사물을 정확하게 보도록 하자. 우리는 5번가에 사는 아가씨들을 '결혼 아가씨'라고 부르지는 않는다.

루와 낸시는 친한 친구 사이였고, 일자리를 찾기 위해 고향을 떠나 대도시로 왔다. 낸시는 열아홉 살이었고, 루는 스무 살이었다. 두 친구 모두 예쁘고 생기 넘치는 시골 소녀들이었지만, 배우가 되겠다는 생각은 전혀 없었다.

하늘의 천사가 도와주기라도 한 듯이 둘은 저렴한 가격에 꽤 괜찮은 하숙집을 얻었다. 그리고 둘 다 일을 구하고 돈을 벌기 시작했다. 그들은 여전히 사이가 좋았다. 지금부터 여러분에게 하려는 이야기는 9개월이 지난 후에 일어난 일이다. 남 일에 관심 많은 독자에게 낸시와 루를 소개하겠다. 두 아가씨와 인사를 나누면서 그들의 옷을 눈여겨보기 바란다. 대신 조심스러워야 한다. 전시회를 구경하듯 쳐다본다면 대뜸 화를 낼지도 모른다.

루는 세탁소에서 다림질하며 돈을 벌었다. 그녀는 몸에 잘 맞지도 않는 자주색 드레스를 입고, 10센티미터 정도 되는 깃털이 위로 솟아오른 모자를 쓰고 다닌다. 또한 그녀는 25달러나 하는 족제비 가죽 목도리와 스카프를 둘렀다. 이런 모피 제품은 철이 지나면 7달러 98센트로 할인된 가격으로 진열대에 나온다. 그녀의 뺨은 붉었고, 옅은 푸른빛 눈은 반짝였다. 그녀는 자신의 생활에 만족했다.

낸시는 관습적인 표현으로 말하자면 상점 아가씨다. 상점 아가씨에게 어떤 특별한 특징이 있는 것은 아니지만, 성격이 비뚤어진 사람들은 전형적인 특징을 찾으려고 한다. 그들의 말에 따르면, 낸시는 상점 아가씨의 전형적인 유형이다. 앞머리를 한껏 부풀려 높이 빗어 넘겼고, 짜임이 꼼꼼하지 않은 치마는 질이 안 좋았지만 썩 괜찮은 모양이었다. 쌀쌀한 봄바람을 막아 줄 모피는 없었지만, 페르시아 양털이라도 되는 것처럼 포플린 재킷을 멋지게 걸치고 다녔다. 전형적인 유형을 찾는 사람이라면, 그녀의 얼굴과 눈빛에서도 상점 아가씨의 특징을 찾을 것이다. 그 표정이란 배신당한 여성이 마음속에 반발심을 품고 조용히 경멸하는 표정이면서 다가올 복수에 대한 슬픈 예언을 가지고 있기도 하다. 그녀가 크게 웃을 때도 그런 표정은 얼굴에 그대로 남아 있었다. 누군가는 심판을 예언하러 지상에 내려온 가브리엘 천사의 얼굴에서도 그 표정을 읽을지 모른다. 그녀는 그런 표정을 지으며 남자들에게 무안을 주고 꼼짝도 못 하게 사로잡지만, 그들은 오히려 그런 표정에 환하게 웃으면서 꽃다발을 건네주기 마련이다.

이제 소개를 다 끝냈다. 생기 넘치는 목소리로 "다음에 또 봐요."라고 인사하는 루와 저 멀리 별을 향해 날아가는 흰나비의 날갯짓처럼 달콤하면서도 차가운 미소를 짓고 있는 낸시와도 작별 인사를 나누자.

두 아가씨가 길모퉁이에서 기다리는 사람은 댄이다. 댄은 루를 한결같이 헌신적으로 대하는 남자 친구다. 얼마나 헌신적이냐 하면, 예를 들어 성모 마리아가 잃어버린 양을 찾기 위해 목동 수십 명을 부린다면 맨 앞에 나서서 일을 도울 사람이었다.

"낸시, 춥지 않아?"

루가 말했다.

"그런 야박한 가게에서 일주일에 8달러를 받고 일하다니, 너도 참 바보 같아! 나는 지난주에만 18달러 50센트를 벌었어. 물론 다림질이라는 게 판매대 뒤에서 레이스를 파는 일처럼 괜찮은 일은 아니야. 하지만 수입은 확실해. 다림질로 일하는 사람 중에서 일주일에 10달러 아래로 받는 사람은 거의 없어. 그리고 내가 하는 일이 매장 일보다 못하다고 생각하지는 않아."

"그럼 네 멋대로 생각해."

낸시가 큰 소리로 말했다.

"나는 일주일에 8달러를 받고 허름한 곳에서 살아도 좋아. 나는 근사한 물건과 멋쟁이 손님을 만나면서 일하고 싶어. 게다가 그곳에는 기회도 많아! 잘 들어 봐. 장갑 상점에서 일하는 동료 여직원이 얼마 전에 피츠버그에서 온 철강 제조업자인가, 제철공인가 아무튼 백만장자랑 결혼했어. 나도 언젠가는 그런 멋진 사람을 만나게 될 거야. 웃음을 팔겠다는 말은 아니야. 다만 그런 기회를 잡게 된다면, 절대 놓치지 않을 거라는 말이야. 여자가 어떻게 세탁소에서 빛나겠니?"

"무슨 소리니. 난 거기서 댄을 만났다고."

루가 의기양양하게 말했다.

"댄은 일요일에 입을 셔츠를 찾으러 왔다가 맨 앞에서 다림질하는 나를 본 거야. 그래서 다른 직원들도 제일 앞 다림대에서 일하려고 안달이지. 그날은 엘라 매기스가 아파서 일을 쉬는 바람에 내가 그 자리를 차지할 수 있었어. 그가 말하길, 자기는 사람을 처음 볼 때 제일 먼저 팔을 보는 습관이 있는데 그 팔이 얼마나 희고 통통한지를 본다고 했어. 그날 나는 소매를 걷어 올린 채 일하고 있었거든. 결론은 멋쟁이 신사들도 세탁소에 온다는 거야. 가방에 옷을 담아 오는 것만 봐도 구별할 수 있어. 그런 남자들은 느닷없이 들어와."

"루, 너는 어쩜 그런 옷을 입고 다니니?"

낸시는 거슬린다는 표정으로 말했다. 그녀는 얼굴을 찌푸린 채 질책하는 눈빛이었다.

"너무 꼴불견이야."

"이 옷 말하는 거야?"

루는 화가 나서 눈을 크게 뜨고 말했다.

"이건 16달러나 주고 산 옷이라고. 원래는 25달러나 하는 거야. 어떤 부인이 세탁소에 맡기고 찾아가지 않아서 사장님이 나한테 판 옷이라고. 이 천에 꼼꼼하게 새겨진 무늬는 다 손으로 수를 놓은 거지. 그러지 말고 네가 입고 있는 그 보기 흉한 옷이나 신경 쓰지 그러니."

"보기 흉하다니? 네가 생각하는 이 보기 흉한 옷은 밴 알스타인 피셔 부인이 입고 다니는 옷을 똑같이 따라 만든 거야. 매장에서 일하는 아가씨들 말로는 그 부인이 작년에 우리

가게에서만 1만 2,000달러를 쓰고 갔대. 이건 내가 1달러 50센트를 들여서 직접 만들었어. 3미터 떨어져서 보면 어떤 게 진짜고 어떤 게 가짜인지 구분이 안 될걸?"

"그래, 그렇다고 치자."

루는 상냥하게 대꾸했다.

"밥을 굶으면서까지 귀부인인 척하고 싶다면 마음대로 해. 난 다림질해서 열심히 돈을 벌 거야. 나중에 내가 옷을 사러 간다면, 내 수준에 맞는 우아하고 근사한 옷을 골라 줘."

바로 그때, 댄이 나타났다. 그는 도시인들에게서 보이는 특유의 천박함이 전혀 안 보이는, 기성품 넥타이를 맨 단정한 청년이었다. 그는 전기 기술자로 일하면서 일주일에 30달러를 벌었다. 그는 로미오 같은 슬픈 눈으로 루를 바라보면서 그녀의 블라우스에 있는 화려한 자수가 파리가 걸려드는 거미줄 같다고 생각했다.

"친구 댄 오웬이야. 서로 인사해."

루가 말했다.

"만나서 반가워요. 루한테 말은 많이 들었어요."

댄이 손을 내밀며 말했다.

"네, 반가워요. 저도 루에게 종종 이야기를 들었어요."

낸시는 손끝으로 그의 악수를 받으며 말했다.

루는 깔깔 웃으면서 말했다.

"낸시, 그런 것도 알스타인 피셔 부인에게서 배운 거니?"

"뭐 그렇다고 해 둬. 너도 배워 두는 건 어때?"

낸시가 말했다.

"아니, 난 전혀 필요 없어. 너무 우아해서 나에게는 어울리지 않아. 그런 고상한 악수는 다이아몬드 반지를 자랑할 때나 쓰는 거라고. 난 다이아몬드 반지가 몇 개 생길 때까지 기다렸다가 배우도록 할게."

"먼저 배우는 게 좋을걸. 그렇다면 반지를 곧 살 수 있게 될지 어떻게 아니."

낸시가 재치 있게 응수했다.

"이런 논쟁은 그만할까요?"

댄은 재빠르게 유쾌한 웃음을 지으며 말했다.

"제가 제안 하나 할까요? 두 분을 티파니 매장으로 모실 수는 없지만, 소극장으로 모시는 건 가능하지요. 저한테 표가 있어요. 지금 당장 반짝이는 보석을 끼고 인사를 나누는 건 불가능하니 무대 위의 다이아몬드 소품으로 대신하는 건 어때요?"

이 점잖은 청년 댄은 차도 쪽으로 붙어 섰다. 예쁘고 화려한 옷을 입은 루가 그의 옆에 섰고, 호리호리한 참새처럼 칙칙한 옷을 걸쳤지만 걸음걸이만큼은 밴 알스타인 피셔 부인 같은 낸시가 함께 걸었다. 이렇게 세 사람은 저녁의 흥을 불러 일으킬 적당한 곳으로 향하고 있었다.

아마 대부분 사람이 백화점을 교육 기관으로 여기지는 않을 것이다. 하지만 낸시에게는 일터가 학교나 다름없었다. 그녀는 고급스럽고 세련된 분위기를 풍기는 물건들 틈에서 일했다. 사치품이 가득한 공간에서 살게 되면, 그 물건이 자신의 것이 아니라고 해도 호화로움이 몸에 배어들기 마련이다.

그녀가 마주하는 사람 대부분이 여자였고 옷이나 교양, 사회적 지위까지 상당히 고급스러운 귀부인들이었다. 낸시는 각 부인에게서 자신이 보기에 훌륭한 것들을 배우기 시작했다.

어떤 부인에게서는 몸짓, 다른 부인에게서는 눈썹을 치켜세우는 법, 또 다른 부인에게서는 걸음걸이, 돈지갑을 드는 법, 미소를 짓는 법, 친구에게 인사하는 법, 아랫사람을 부르는 방법까지 여러 가지 몸가짐을 배웠다. 그녀가 가장 좋아하는 밴 알스타인 피셔 부인에게서는 가장 훌륭한 장점인 목소리를 배웠다. 피셔 부인의 목소리는 은방울처럼 맑았고, 나지막한 소리에서는 티티새 소리처럼 명확한 발음을 찾을 수 있었다. 세련된 상류층의 분위기와 교양 있는 몸가짐이 주변에 있었기 때문에 그녀도 영향을 받지 않을 수 없었다. "훌륭한 습관이 훌륭한 신념보다 낫다."라는 말처럼 훌륭한 태도는 좋은 습관보다 나을지도 모른다. 부모님께 가르침을 받는다고 해서 뉴잉글랜드식의 엄격한 청교도적 기질을 가질 수 있는 것은 아니다. 의자에 등을 대고 꼿꼿하게 허리를 세운 채 '무지개 일곱 색과 순례자'라는 말을 40번만 반복해 말한다면, 악마도 어느새 도망가 버릴지 모른다. 낸시가 피져 부인의 말투를 따라 하며 뼛속 깊이 귀족의 정신을 체험하려고 하는 것은 그런 이유에서다.

이 큰 백화점이라는 교육 현장에서는 또 다른 배움의 원천이 있었다. 상점 아가씨 서너 명이 팔찌를 짤랑거리며 잡담을 나누는 모습을 보았다 하더라도 동료 직원의 머리 손질을 험담하기 위해 모였다고 오해하지 않기를 바란다. 그들의 수다 장면은 남자들의 진중한 토론보다는 권위가 떨어질지 모르지만, 이브가 난생처음 딸과 함께 앉아 어떻게 하면 남편 아담에게 가장의 역할을 이해시킬 수 있을지에 대해서 이야기를 나누는 것만큼 중요한 의미를 지닌다. 그것은 여성들이 공동으로 적을 방어하는 대책을 세우고, 상대를 공격하기 위한 전술을 논의하는 공식 회담과 같다. 이 세상이라는 무대 위에 꽃다발을 던지는 관객은 남자뿐이다. 여자는 가장 연약한 짐승일 뿐이다. 이들은 아직 날째지 못한 새끼 사슴이고, 아름답지만 날지 못하는 새와 같다. 꿀벌은 달콤한 꿀을 가지고 다니지만……. 이 비유는 여기까지 하겠다. 누군가는 이미 벌에 쏘였을지 모르니까.

그들은 이렇게 회의를 진행하면서 서로의 무기를 나눠 가지고, 각자가 일상에서 사용하는 작전을 공유한다.

"나는 그 사람에게 이렇게 말할 거야."

새디라는 여자가 말했다.

"당신은 아직 풋내기네요! 나한테 그렇게 말하다니, 도대체 나를 어떻게 본 거지요? 이렇게 얘기하면 그는 어떻게 대꾸할까?"

그러자 갈색, 검은색, 금색, 빨간색, 노란색 머리가 모두 고개를 끄덕인다. 해답이 나온 것이다. 그들은 논의 끝에 남자의 끝없는 공격을 맞받아칠 방법을 찾았고, 각자 일상으로 되돌아가 공공의 적인 남자와의 전투에서 그 전술을 사용하는 것이다.

그렇게 낸시도 방어의 기술을 배웠다. 여성에게 성공적인 방어는 곧 승리나 다름없다.

백화점의 교육은 아주 다양하다. 여자의 인생 설계, 나아가 그녀가 원하는 상류층 신사의 부인이 될 기회를 만들어 주는 것도 아마 백화점밖에 없을 것이다.

그녀가 일하는 매장은 백화점 안에서도 아주 좋은 위치에 있었다. 특히 음악실이 아주 가까워서 그녀는 일류 작곡가의 작품에 익숙해질 수 있었다. 막연하게나마 꿈꾸던 사교계에 발을 들여놓을 때 필요한 음악적 지식을 습득할 좋은 기회였다. 그녀는 도자기부터 고상하고 값비싼 원단, 여성의 기본 교양이라고 할 수 있는 장식품에 대한 교육도 받았다.

같이 일하는 직원들은 머지않아 낸시의 야심을 알게 되었다. 괜찮은 남자가 계산대에 등장하면 "낸시, 저기 너의 백만장자가 왔어."라고 말하곤 했다. 같이 온 여자가 물건을 고르는 동안, 남자는 습관처럼 손수건이 진열된 곳에 찾아와 서성거리기 일쑤다. 낸시는 다른 사람에게서 배운 고상한 태도와 타고난 미모 덕분에 사람들의 시선을 충분히 끌었다. 대부분 남자 손님은 그녀 앞으로 와서 점잖은 척했다. 그들 중 몇몇은 정말 백만장자였지만, 부유한 척하는 사람도 있었다. 낸시는 그것도 한눈에 알아봤다. 손수건 진열장 끝에 창문이 하나 있었는데, 그녀는 그곳에서 그들이 세워 둔 자동차를 볼 수 있었다. 덕분에 그녀는 자동차 주인이 어떤 사람인지 차를 보고 알 수 있게 되었다.

어느 날은 한 남자가 아프리카 코페투아 왕(평생 여자에게 관심이 없었지만, 한 거지 소녀를 보고 반해서 왕좌를 버리고 사랑을 선택한 전설 속의 왕) 같은 태도로 계산대 너머에 있는 그녀에게 구애했다. 그는 손수건을 60개나 샀다. 그 남자가 나가고, 한 아가씨가 말했다.

"낸시, 왜 그랬어? 그런 사람을 냉대하다니 말이야. 내가 보기에 그 사람은 부자였어."

"그 남자?"

낸시는 냉담하면서도 부드럽게, 그리고 태연하게 밴 알스타인 피셔 부인 같은 미소를 띠며 말했다.

"내가 찾는 사람이 아니야. 그 남자가 건물 밖에 주차하는 걸 봤어. 자동차는 겨우 12마력밖에 되지 않았지. 게다가 운전사는 아일랜드 출신이었다고! 그 남자가 어떤 손수건을 샀는지 너도 봤어? 명주 손수건이었어! 게다가 그 사람, 손가락에 어떤 문제가 있는 것 같았어. '진짜'가 아니라면 다 소용없어."

이 백화점에서 가장 세련된 여성은 매장 주임과 회계 담당 직원이었다. 이들은 부유층 신사 몇몇과 친하게 지내며 종종 저녁을 함께 먹기도 했다. 하루는 그들이 낸시를 그 자리에 불러냈다. 그들은 새해 전날에 밥을 먹기 위해서는 1년 전에 예약해야 할 정도로 호화로운 카페에서 저녁을 먹게 되었다. 그 자리에는 신사 두 명이 함께했는데, 한 명은 상류 생활의 부작용으로 머리털이 빠진 남자였고 또 다른 남자는 모든 포도주에서 코르크 냄새가 난다고 우기며 소매에 다이아몬드 단추를 다는 식으로 남들에게 자신이 부유하고 세련된 사람이라는 것을 알려 주는 젊은이였다. 이 젊은 신사는 낸시의 거부할 수 없는 매력을 한눈에 알아봤다. 그는 상점 아가씨들을 좋아했다. 낸시는 자신의 낮은 신분에 어울리는 순박함,

그리고 고급 사교계의 말투와 예절을 함께 지니고 있었다. 다음 날, 그는 매장으로 찾아가 가장자리에 자수가 있고 모시풀로 표백한 아일랜드 리넨 손수건 한 상자를 사며 그녀에게 구혼했다. 하지만 낸시는 거절했다. 마침 갈색 앞머리를 둥글게 세운 동료 직원이 3미터 떨어진 곳에서 그 장면을 생생하게 보고 들었다. 청혼을 거절당한 신사가 사라지자, 그녀는 낸시를 비난하며 달려왔다.

"너 정말 멍청하구나! 그는 정말 백만장자야. 반 스키틀스 노인의 친조카라고. 게다가 그는 진심 같았어. 너 혹시 돈 거 아니니?"

"내가 돌았다고? 그렇다면 내가 그를 잘못 봤다는 거니? 그 사람은 대단한 부자가 아니야. 집에서 그에게 생활비를 1년에 2만 달러밖에 안 준다고 하잖아. 지난번 식사 자리에서 대머리 남자가 그걸로 그를 놀렸다고."

갈색 머리 아가씨는 그녀에게 다가가 눈을 흘기며 말했다.

"너는 도대체 어떤 사람을 원하는 거니? 그 정도면 충분하지 않니? 너는 록펠러, 글래드스톤 도위, 스페인 왕과 전부 결혼할 셈이야? 1년에 2만 달러는 적지 않은 돈이라고!"

"캐리, 나는 돈만 보고 그러는 게 아니야."

그녀가 설명했다.

"지난밤 식사 자리에서 그는 거짓말하다가 친구에게 들켰어. 그건 그 사람이 어떤 여자와 극장에 함께 간 일이 없다는 이야기였어. 난 거짓말쟁이는 참을 수 없어. 나는 남자답고 점잖은 사람이 좋아. 그래, 맞아. 난 큰 물고기를 낚을 거야. 그렇지만 장난감 저금통처럼 짤그랑거리는 빈 소리를 내는 사람은 딱 질색이야."

"넌 정신 병원에 가 봐야 되겠다."

갈색 머리 아가씨는 이렇게 말하고는 자리를 떴다.

낸시는 한 주에 8달러로 생활하면서도 계속 이상형을 찾으려고 했다. 또 매일 마른 빵을 먹고 허리띠를 졸라매면서 야영하는 사람처럼 지냈다. 그녀는 남자 사냥꾼처럼 운명을 타고난 사람만이 가질 수 있는 용기를 지녔고, 특유의 냉혹하면서도 매혹적인 미소를 가지고 있었다. 백화점은 그녀의 사냥터였다. 그녀는 여러 번 넓적하고 커다란 뿔을 자랑하는 큰 사냥감을 보고 총을 겨누었다. 그러나 사냥꾼의 본능일까, 아니면 여자의 직감일까. 실수를 저지르지 않겠다는 본능이 마음속에서 솟구치며 늘 방아쇠를 당기지 못했고, 매번 다른 사냥감을 찾아 나서는 일을 반복했다.

루는 세탁소에서 일하면서 대부분 돈을 옷값으로 소비했다. 주급 18달러 50센트 중에 집세로 나가는 6달러를 제외하고 나머지 돈으로는 전부 옷을 사들일 정도였다. 낸시와 비교했을 때, 그녀는 취미와 예절을 계발할 만한 기회가 거의 없었다. 수증기가 가득 찬 세탁소에서 할 수 있는 일이라고는 쉬지 않고 일하고, 저녁에는 뭘 해야 할지 궁리하는 것뿐이었다. 비싸고 화려한 원단이 그녀의 다리미 아래로 수없이 지나갈수록 옷에 대한 애착은 점점 더 커졌다.

일이 끝나면 문밖에는 댄이 있었다. 그녀가 어느 등불 아래 서 있든 댄은 그림자처럼 그녀를 따랐다.

이따금 그는 걱정하기도 했다. 우아함에서 멀어지고 점점 더 화려해지기만 하는 루의 옷에 대해서 말이다. 그러나 그것은 그녀에 대한 마음이 바뀌어서가 아니었다. 그녀를 바라보는 다른 사람들의 시선이 싫었기 때문이었다.

물론 루 역시 댄에게 충실했다. 또한 두 사람이 어디를 가든 낸시도 함께했다. 댄은 낸시와의 동행에 불평하지 않고 진심으로 환영했다. 이 세 사람이 놀러 갈 때면 루는 색깔을, 낸시는 분위기를, 댄은 무게를 맡는 것처럼 보였다. 댄은 그들은 안내할 때 눈에 띄는 기성복을 입고 기성 넥타이를 맨 채, 끊임없이 재치 있는 말을 했다. 같이 가는 동안 두 여자를 불편하게 하거나 싸우게 만들지도 않았다. 그는 함께 있을 때는 존재를 잊을 수 있어도, 헤어지고 나면 생각날 수밖에 없는 그런 사람이었다.

취향이 고급스러운 낸시는 이런 단순한 오락이 이따금 쑥

쓸하게 느껴졌다. 그러나 그녀는 아직 젊었다. 젊은 사람은 미식가가 될 수 없다면 대식가가 되기도 한다.

"댄은 지금 당장 결혼하자고 조르고 있어."

어느 날, 루가 낸시에게 말했다.

"대체 내가 왜 그렇게 해야 하지? 나는 경제적으로 자립한 여성이야. 내가 번 돈이니까 내 마음대로 쓸 수도 있어. 하지만 결혼하면 더는 일하지 못할 거야. 그리고 낸시, 너는 하루 중 절반의 끼니는 거르고 제대로 된 옷은 사 입지도 못하는데, 그런 곳에서 왜 계속 일하려고 하니? 네가 마음만 먹으면 당장이라도 세탁소에 자리를 알아봐 줄 수 있어. 만약 네 수입이 좀 더 좋아진다면, 그런 거만함도 좀 줄어들 것 같은데."

"루, 나는 내가 거만하다고 생각하지 않아."

낸시가 말했다.

"끼니를 거르는 일이 있더라도 나는 그 상점에서 일할 거야. 이미 익숙해졌어. 나는 그곳에서 기회를 엿보는 거야. 언제까지나 판매대 뒤에 있지 않을 거라는 말이야. 그날을 기다리며 새로운 걸 배우고 있어. 내가 하는 일이라고는 겨우 상점에 온 사람들을 마주하는 일이지만, 난 항상 부유한 사람들 곁에 있거든. 눈앞에 있는 것 하나하나 놓치지 않고 배우고 있어."

"너의 백만장자는 아직이니?"

루는 놀려 대는 말투였다.

"아직 선택하지 못했어. 여전히 살펴보는 중이야."

낸시가 대답했다.

"맙소사! 아직도 고르고 있다니! 이제 그 말은 그만해. 그냥 아무나 잡으면 안 되니? 푼돈에 벌벌 떠는 사람이라도 말이야. 물론 네가 하는 말이 진지하지 않다는 건 알아. 백만장자가 우리 같이 일하는 여자를 좋아할 리 없잖아."

"만일 그렇다면 우리 같은 여자들을 잡는 그들이 행운이지."

낸시는 재치 있게 대꾸했다.

"우리가 돈을 관리하는 방법을 가르쳐 줄 수 있잖아."

"만약 백만장자가 나한테 말을 붙인다면, 나는 기절하고 말 거야."

루가 웃으면서 말했다.

"그건 아무것도 모르고 하는 소리야. 부자와 평범한 사람의 차이는 아주 작아. 그래서 자세히 살펴봐야 알 수 있어. 그나저나 루, 그 붉은색 실크 안감은 외투와 비교하면 너무 밝지 않니?"

루는 낸시가 입고 있는 밋밋하고 칙칙한 올리브색 외투를 내려다봤다.

"아니, 나는 괜찮은데. 하지만 빛바랜 네 옷 옆에서는 그렇게 보일지도 모르겠다."

"이 재킷은 말이지. 전에 피셔 부인이 입고 있던 옷과 똑같이 만든 거야. 천값으로만 3달러 98센트가 들었어. 아마 그녀가 입은 건 100달러 이상은 줘야 할걸."

낸시가 만족한 듯 말했다.

"아, 그래."

루가 가볍게 말을 받아쳤다.

"내 눈에는 그 옷이 백만장자를 낚을 수 있는 미끼로는 보이지 않는데. 어쨌든 모르는 일이야. 내가 너보다 더 빨리 백만장자를 만날 수도 있거든."

이 두 친구의 주장 중 어느 것이 더 타당한지 밝히려면 철학자를 데리고 와야 할 것이다. 생계를 겨우 유지할 정도의 돈을 벌었을 때 루는 상점이나 사무실에서 일하는 여성들 특유의 자만심이나 까다로움이 없었다. 그녀는 소란스럽고 숨막히는 세탁소에서 즐겁게 다리미질을 했다. 그렇게 번 돈으로 안락한 생활을 누릴 수 있게 되었고, 경제적인 여유가 생기자 그녀의 옷은 점점 더 화려해졌다. 언젠가부터 그녀는 단정하기만 할 뿐 멋이라고는 찾아볼 수 없는 댄의 옷을 보고 참을 수 없다는 듯 눈을 흘겼다. 그렇지만 댄은 여전했다. 꾸준히 한결같이 그녀의 옆에 있었다.

낸시는 수만 명 중에 한 명 있을까 말까 한 사람이다. 교양 있는 상류층의 고상한 취향이 들어가 있는 실크나 보석, 레이스, 장신구, 향수, 클래식 음악처럼 그들을 위해 존재하는 것들을 똑같이 가질 수 있다. 그것들은 그녀 생활의 일부였고, 원한다면 언제든지 그것들과 가까이 지낼 수 있었다. 그녀는 『구약 성경』에 나오는 에서(아브라함의 아들인 이삭이 낳은 쌍둥이 가운데 형이다. 어리석게도 배가 고픈 나머지 아우 야곱에게 팥죽 한 그릇에 상속권을 팔았다고 한다.)와 달리 자신을 저버리지 않았다. 볼품없는 음식으로 끼니를 때울지라도 자신의 존엄함을 지키고 있었다.

낸시는 이런 분위기에 잘 적응했다. 굳게 마음을 먹었지만, 소박한 식사를 하고 싸구려 드레스를 만들어 입는 생활에 충분히 만족했다. 낸시는 여자에 대해서는 완전히 파악한 상태였다. 이제 그녀는 남자라는 동물의 습성과 감정을 골똘히 연구하고 있었다. 그녀는 언제든 사냥할 준비가 되어 있었으며, 자신의 눈에 가장 크고 훌륭해 보이는 먹잇감을 기다리고 있었다. 그녀의 눈에 조금의 허점이라도 보이면 안 되었다.

그녀는 그런 남편을 얻기 위해서 등불의 심지를 손질하고, 그 심지에 불을 밝혀 놓았다.

그러면서 낸시는 자신도 모르는 사이에 새로운 깨달음을 얻게 되었다. 가치관의 기준이 달라지기 시작한 것이다. 가끔 그녀의 마음속에서는 돈 위주의 가치관이 흐려지면서 '진실',

'명예' 혹은 '친절'이라는 단어로 바뀌었다. 울창한 숲에서 큰 사슴을 잡으러 다니는 사냥꾼에 빗대어 표현하자면, 사냥꾼이 사냥하다가 이끼가 끼고 나뭇잎이 무성한 작은 골짜기에서 조그마한 개울을 발견하고는 그 안에서 휴식을 취하면서 작은 위안을 받게 되는 것이다. 이럴 때는 제아무리 사냥의 명수인 니므롯(바빌로니아 전역을 장악한 아시리아 최초의 왕)이라고 해도 창살 끝이 무더지기 마련이었다.

마침내 낸시는 페르시안 양가죽이라고 하더라도 입는 사람의 마음에 따라 가치가 다르게 책정되는 게 아닐까 하고 생각하기에 이르렀다.

어느 목요일 저녁, 낸시는 퇴근하고 6번가를 가로질러 서쪽에 있는 세탁소를 찾아가고 있었다. 그녀는 루와 댄과 함께 뮤지컬을 보기로 했었다.

그녀가 도착했을 때, 댄이 막 세탁소에서 나오고 있었다. 그의 얼굴은 딱딱하게 굳어 있었다.

"루에게서 소식을 들은 사람이 있나 해서 들렀어요."

그가 말했다.

"루가 여기 없나요?"

낸시가 물었다.

"알고 계신 줄 알았어요. 루는 월요일부터 여기에 나오지 않았대요. 집에도 없고 짐도 전부 사라졌어요. 세탁소에서 일하는 친구에게 말하길, 유럽에 간다고 했나 봐요."

댄이 말했다.

"루를 본 사람이 아무도 없나요?"

낸시가 물었다.

댄은 입을 꽉 다물고 그녀를 바라봤다. 그의 차분한 회색 눈동자에서 차가움이 느껴졌다.

"세탁소에 있는 사람이 말하길, 그녀가 어제 자동차를 타고 가는 걸 봤대요. 당신하고 루가 항상 기다리던 어느 백만장자와 함께 떠난 게 틀림없어요."

난생처음 낸시는 남자 앞에서 움츠러들었다. 그녀는 가늘게 떨리는 손으로 댄의 옷소매를 붙잡았다.

"댄, 마치 그 아이의 일이 저와 상관있다는 듯 말씀하시는 것 같은데, 그렇지 않아요."

"아, 그런 뜻으로 말한 건 아니에요."

댄은 한층 누그러진 목소리로 말했다. 그는 입고 있던 조끼의 주머니를 뒤졌다.

"오늘 저녁에 공연을 보려고 표도 사 뒀는데……. 혹시 괜찮다면 저와……."

그는 애써 밝은 표정을 지으면서 정중하게 말했다.

낸시는 언제나 그런 제안을 기쁘게 받아들였다.

"그래요, 함께 보러 가요."

그렇게 3개월이 지났을 때, 낸시는 루를 다시 볼 수 있었다.

어스름이 질 무렵, 낸시는 한산하고 작은 공원의 담장을 따라 서둘러 집으로 가고 있었다. 누군가가 그녀의 이름을 불렀고, 뒤를 도는 순간 루가 그녀의 팔을 잡았다.

두 사람은 포옹한 후 입안에서 맴도는 수천 가지 질문을 차마 던지지 못하고 서 있었다. 고개를 뒤로 젖힌 채 공격하려는 것인지, 방어하려는 것인지 알 수 없었다. 낸시는 한눈에 그녀의 값비싼 모피와 보석, 재단사가 만든 옷을 알아보았다.

"이런 바보 같은 아가씨!"

루는 큰 소리로 정답게 소리쳤다.

"너는 아직도 상점에서 일하는구나. 그러니까 항상 그 꼴이지. 그런데 네가 항상 말하던 큰 물고기는 어떻게 됐니? 아직이니?"

잠시 후 루는 낸시의 눈을 통해, 백만장자보다 더 근사한 무엇인가가 생겼다는 것을 알 수 있었다. 그녀의 눈동자는 보석보다 밝게 빛났고, 두 뺨은 장미보다 더 붉었다. 그녀는 무언가 할 말이 있는 것처럼 보였다.

"그래, 맞아. 나는 아직도 상점에 다녀. 하지만 다음 주에 그만둘 예정이야. 그래, 대어를 낚았어. 세상에서 가장 근사한 대어를 말이야. 내 이야기를 듣고 기분 상하지 않았으면 좋겠어. 나 댄과 결혼하게 됐어. 이제 그 사람은 내 남자야."

공원 모퉁이에서 순찰을 돌고 있던 경찰관은 비싼 외투를 걸치고 다이아몬드 반지를 낀 여자가 공원의 철제 울타리 옆에 쭈그리고 앉아 격하게 흐느끼며 울고 있는 것을 발견했다. 그 옆에서는 직장에 다니는 듯 수수하게 입은 날씬한 여자가 몸을 숙여 그녀를 달래고 있었다. 하지만 경찰관은 구식 사람이 아니라는 듯 두 여자의 마음을 헤아리고는 이내 못 본 척하고 그들을 지나쳤다. 그는 경찰봉으로 바닥을 두드려 그 소리가 더 먼 별까지 가닿게 하는 일은 할 수 있었지만, 이런 문제에 있어서는 자신이 어떤 도움도 되지 않는다는 것을 잘 알았기 때문이었다.

물레방아가 있는 교회

레이크랜드는 유명한 여름 리조트를 소개하는 안내 책자에는 실려 있지 않다. 그곳은 크리치 강의 작은 지류가 흐르는 캄버랜드 산맥의 나지막하게 솟은 지점에 자리 잡고 있다. 레이크랜드는 원래 버려진 좁은 철길 주변에 모여 사는 스물 남짓의 가구가 자족하는 마을이다. 그 모양은 소나무 숲에서 길을 잃은 바람에 두렵고 쓸쓸한 철로가 이곳으로 찾아든 것처럼 보이기도 하고, 길을 잃은 레이크랜드가 집으로 돌아가기 위해 기차를 탈 생각으로 모여든 것처럼 보이기도 한다.

레이크랜드라는 지명이 어떻게 생겼는지는 알 수 없다. 그곳에서는 호수를 전혀 찾아볼 수 없었고, 주변의 땅도 굉장히 황폐했다.

마을에서 800미터 정도 떨어진 곳에는 '독수리 집'이라는 이름이 붙은 커다랗고 낡은 저택이 있었다. 그 집의 주인인 조지아 랭킨은 산에서 맑은 공기를 마시고 싶은 사람들의 편의를 위해 방문객이 저렴하게 지낼 수 있도록 했다. 그렇지만 관리를 잘해 둔 집은 아니었다. 하지만 오히려 그 이유 때문에 사람들은 그 집을 더 찾았다. 집은 현대적이지 않았으며 낡았고, 물건들은 어수선하게 내버려 둔 채였다. 방문객들은 그 집을 자기의 집인 것처럼 편안하게 생각했다. 다행히 방은 말끔했고 음식은 풍부했다. 또 근방에 있는 소나무 숲으로 나가면 마음껏 시간을 보낼 수도 있었다. 자연은 오염되지 않은 물과 포도 덩굴로 된 그네, 크리켓도 즐길 수 있도록 해 주었다. 인공적인 것이라고는 일주일에 두 번 열리는 무도회에서 울리는 바이올린과 기타 연주 소리뿐이었다.

　독수리 집을 찾는 손님들은 단순한 오락뿐만 아니라 기분 전환이 필요한 톱니바퀴와 같은 사람들이었다. 그들은 열심히 시간을 보내기 위해 2주 동안 태엽을 감아 줘야 하는 시계와 같았다. 찾아오는 손님의 부류도 다양했다. 아랫마을에 사는 학생들, 예술가들, 어떨 때는 근처 언덕의 누적된 지층을 조사하고 연구하는 지질학자들이 찾아오기도 했다. 몇몇 가족이 이곳에서 여름을 보내기도 했고, 이 동네에서 '여 선생님'으로 통하는 여성 종교 단체 회원 가운데 마음에 안정이 필요한 몇몇 사람이 찾기도 했다.

독수리 집에서 400미터 정도 떨어진 곳에는 구경거리가 있었다. 바로 더는 방아를 돌리지 않는 아주 오래된 물레방앗간이었다. 조지아 랭킨의 말을 빌리자면, 미국에서 유일하게 전통적인 방법을 쓰는 상사식 물레방아가 있는 곳이었다. 또 파이프 오르간과 신도들이 앉을 수 있는 자리까지 갖춘 물레방앗간은 세상에서 그곳 하나뿐이라고 했다. 독수리 집에 찾아오는 손님들은 매주 안식일이 되면 물레방앗간 교회의 예배에 참석해서, 죄를 씻은 정결한 기독교인은 경험과 고난의 맷돌로 곱게 갈린 유용한 밀가루 같은 것이 된다는 목사의 설교를 듣고는 했다.

매년 초가을이 되면, 독수리 집에는 에이브럼 스트롱이라는 사람이 찾아와 머물고는 했다. 그는 훌륭한 성품을 지녀서 머무는 동안 많은 사람의 환대를 받았다. 레이크랜드에서는 그를 '에이브럼 목사님'이라고 불렀다. 그는 백발에 얼굴 혈색이 좋고, 인상이 부드러웠다. 웃음소리는 늘 명랑했지만, 검은 옷과 넓은 모자가 그를 목사처럼 보이게 했다. 새로 온 손님이라고 하더라도 그와 사나흘만 같이 지내면 모두가 그를 그 친근한 별명으로 불렀다.

에이브럼 목사는 멀리서 레이크랜드까지 찾아오고는 했다. 그는 북서쪽의 한창 번창하고 있는 큰 마을에서 제분소를 운영했다. 그 제분소는 오르간이 있는 작은 물레방앗간과 비교했을 때 운치는 없었지만 규모가 어마어마했다. 근처를 지나다니는 화물 열차의 행렬이 개미 떼처럼 꼬리에 꼬리를 물고 온종일 끊이지 않는 곳이었다. 이렇게 에이브럼 목사와 교회가 된 물레방앗간에 대해 알았으면 이 두 이야기가 교차하는 순간에 대해 말할 차례다.

물레방앗간이 교회로 변하기 전, 에이브럼 스트롱은 그 방앗간의 주인이었다. 그는 매일 밀가루를 뒤집어쓰고 바쁜 나날을 보냈지만, 주위에서 그만큼 즐겁고 행복한 방앗간 주인은 없었다. 그는 방앗간 건너편에 있는 작은 집에서 살았다. 그 집은 일하는 속도가 느렸지만 값이 싼 덕분에 그 근방 사람들은 멀고 힘든 길을 돌아 그의 방앗간으로 곡식을 싣고 왔다.

그는 어린 딸 어글레이어를 통해 삶에서 가장 큰 기쁨을 느꼈다. 이제 막 걸음마를 뗀 금발의 아이에게는 조금 거창한 이름일지도 모르지만, 시골 사람들은 그런 당당하고 품위 있는 이름을 선호했다. 아이 엄마는 책에서 우연히 발견한 이름을 딸에게 붙여 주었다. 어글레이어는 그 이름으로 불리는 게 싫어서 주변 사람들에게 자신을 '덤스'라고 부르라고 부탁했다. 방앗간 부부는 어글레이어를 구슬려 덤스라는 이름의 출처를 알아내려고 했지만 헛일이었다. 그들은 추측할 수밖에 없었다. 집 뒤편에는 로도덴드론 꽃밭이 있었는데, 어글레이어는 그 꽃밭을 굉장히 좋아했다. 방앗간 부부는 어글레이어 가 자기가 좋아하는 꽃의 어려운 이름과 덤스라는 이름이 어 딘가 비슷하다고 생각한 것이라는 결론을 내렸다.

어글레이어가 네 살 때였다. 날씨가 좋은 오후가 되면 아 이와 아빠가 매일 반복하는 놀이가 있었다. 저녁 식사 준비 를 끝내면 엄마는 어글레이어의 머리를 빗기고 단정하게 앞 치마를 입힌 뒤, 방앗간으로 보내 아빠를 집으로 모셔 오라고 했다. 하얀 밀가루를 덮어쓴 방앗간 주인은 문 앞에 있다가 딸이 방앗간 근처로 아장아장 걸어오는 것을 보면 손을 흔들 었고, 오래전부터 내려오는 방앗간 노래를 불렀다.

물레방아 돌아가네
곡식 가루가 수북하게 쌓이고
밀가루를 뒤집어쓴 방앗간 주인
흥에 겨운 노래 부른다
예쁜 아이를 생각하면
힘든 일도 즐겁네

그러면 어글레이어는 그를 향해 웃으며 달려와 이렇게 말 했다.

"아빠, 덤스를 집에 데려다주세요."

그러면 방앗간 주인은 딸을 어깨 위에 올리고 방앗간 노래를 흥얼거리며 저녁밥이 기다리고 있는 집을 향해 큰 걸음을 내디뎠다. 매일 저녁, 이 놀이는 계속되었다.

네 번째 생일이 지나고 일주일째 되던 어느 날, 어글레이어가 갑자기 사라졌다. 마지막으로 눈에 띄었던 것은 집 앞의 길에서 꽃을 따던 모습이었다. 잠시 후, 스트롱 부인이 아이가 너무 멀리 나가지 않았나 싶은 마음에 나가 봤을 때는 이미 아이가 사라지고 없었다.

방앗간 부부는 아이를 찾기 위해 모든 방법을 다 써 봤다. 이웃 주민까지 총동원해서 사방의 숲과 몇 킬로미터 떨어진 산속까지 샅샅이 뒤졌다. 그들은 물레방아에 물을 대는 도랑과 둑 아래 개울의 머나먼 방축까지 다 뒤져 봤지만, 그 어떤 흔적도 찾을 수 없었다. 하루 이틀 전에 인근 숲에서 야영하던 부랑자 가족이 아이를 데려갔을지도 모른다는 생각에 그들이 탄 마차를 쫓았지만, 전부 허사였다.

방앗간 주인은 2년 가까이 그 자리를 지켰다. 하지만 딸을 찾을 수 있다는 희망은 점점 사라지고 말았다. 그와 아내는 북서쪽으로 집을 옮겼다. 몇 해가 지난 후, 그는 그 지역의 중심지인 제분업 도시에 정착해 현대식 제분소를 운영하게 되었다. 그러나 그의 부인은 어글레이어를 잃었을 때 받은 마음의 충격으로 시름시름 앓다가 결국 세상을 떠나고 말았다. 그렇게 이사한 지 2년 만에 그는 홀로 슬픔을 견디는 신세가 되고 말았다.

에이브럼 스트롱은 사업이 점점 번창하자, 레이크랜드의 그 오래된 방앗간을 다시 찾았다. 그는 그곳을 보기만 해도 슬픔이 솟아올랐지만, 이내 정신을 다잡으며 겉으로는 언제나 생기 넘치고 온화한 모습을 보였다. 그가 이 물레방앗간을 교회로 개조해야겠다는 영감을 얻는 것은 바로 그때였다. 레이크랜드의 경제 사정은 교회를 지을 때만 해도 열악하기 그지없었다. 그래서 가난한 시골 사람들은 그 일을 도울 수 없었다. 마을의 사방 30킬로미터 안에 교회라고는 단 한 곳도 찾아볼 수 없었다.

방앗간 주인은 최대한 방앗간의 원래 모습을 해치지 않으려고 했다. 커다란 옛 방식의 물레방아는 그 자리에 남겨 두었다. 교회를 방문한 젊은 사람들은 조금씩 썩어 가는 물레바퀴 위에 자기 이름의 머리글자를 새기고는 했다. 둑은 반쯤 무너져서, 산에서 내려오는 맑은 개울물이 둑을 넘어 바위투성이의 바닥으로 잔잔한 물결을 그리며 흘렀다. 하지만 방앗간 내부는 완전히 바뀌었다. 굴대, 맷돌, 피대, 도르래 등은 모두 치운 후 두 줄로 나란히 의자를 놓고 통로를 만들었다. 한쪽에 한 단을 높여서 재단을 만들었다. 내부 계단을 통해 위로 올라가면 세 방향으로 신도들이 앉을 수 있게 좌석을 만들었다. 발코니에는 진짜 파이프 오르간을 두었다. 그것은 물레방아 교회 신도들의 자랑거리가 되기도 했다. 피비 서머즈 양이 오르간 연주를 맡았다. 레이크랜드의 사내아이들은 일요일 예배 시간마다 그녀가 제대로 연주할 수 있도록 서로 돌아가며 오르간에 바람을 넣는 일을 했고, 그 일을 즐겁게 여겼다. 설교를 맡은 베인브리지 목사는 한 번도 예배를 거르지 않고 매번 스퀴럴갭에서 레이크랜드까지 늙은 백마를 타고 왔다. 이에 필요한 경비는 전부 에이브럼 스트롱이 부담했다. 그는 설교자에게는 연봉 500달러를, 피비에게는 200달러를 주었다.

어글레이어를 추모하기 위해 만들어진 옛날의 물레방앗간은 이제 한때 그녀가 살았던 마을의 주민들을 축복하는 장소로 바뀌었다. 이 어린아이의 생은 아쉽도록 짧았지만, 어글레이어는 70년의 삶을 산 것보다 더 큰 은혜를 베풀고 있었다. 하지만 스트롱은 멈추지 않고, 딸을 기리기 위한 또 다른 일을 계획했다.

그는 북서부 지역에서 운영하는 제분소에서 잘 여문 밀로 만든 밀가루에 '어글레이어'라는 상표를 붙였다. 그 지역 사람들은 이 밀가루에 두 가지 가격이 있다는 것을 알게 되었다. 한 가지는 시장에서 가장 비싼 가격이었고, 또 하나는 무료였다.

화재나 홍수, 토네이도 혹은 공습 등으로 세상 사람들이 곤경에 빠지게 되면, 어글레이어 밀가루는 언제든지 사고 지역으로 배달되었다. 신중하고 세심한 절차를 걸쳐 배급되었지만, 굶주리는 사람들은 단 한 푼도 내지 않아도 되었다. 도시 빈민가에서 대형 화재가 발생하면, 소방서장의 마차가 가장 먼저 현장에 도착하고 그다음은 어글레이어 밀가루를 실은 마차가 왔다. 심지어 소방차가 이 밀가루 마차보다 늦게 온다는 소문이 돌 정도였다.

이것은 어글레이어를 위한 에이브럼 스트롱의 두 번째 기념사업이었다. 시를 써서 그 아름다움을 말하자면, 누군가에게는 지나치게 실리적으로만 들릴지도 모른다. 하지만 순수하고 깨끗하며 하얀 밀가루에 사랑과 자비의 마음을 담아 전달하는 일, 실종된 딸의 맑은 영혼을 추모하고 사람들의 마음에 남기는 일을 사업으로 삼는 것은 아름답고 훌륭하다고 할 수 있을 것이다.

어느 해, 캄버랜드 지역에 심한 흉년이 들었다. 곡물 수확량이 형편없이 줄었고, 홍수까지 나 버려 막대한 재산 피해가 났다. 또 숲속의 짐승까지 줄어들어서 사냥꾼은 자기 가족에게 먹일 식량조차 구하지 못했다. 레이크랜드 지방의 기근은 더 심각해졌다.

에이브럼 스트롱은 이 소식을 듣자마자 제분소에 연락했

다. 곧바로 좁은 철로를 따라 어글레이어 밀가루가 도착했다. 그는 밀가루를 교회 다락방에 쌓아 두고, 예배에 참석한 사람 모두가 한 포대씩 집으로 가져가도록 했다.

2주가 지난 뒤, 에이브럼 스트롱은 해마다 그러했듯 독수리 집에 찾아왔고, 다시 '에이브럼 목사님'이 되었다.

그해에는 독수리 집을 찾는 손님이 평소보다 적었다. 손님 중 로즈 체스터는 애틀랜타 시내에 있는 백화점에서 일하는 아가씨였다. 그녀는 휴가를 얻어 놀러 나온 게 이번이 처음이 었다. 백화점 지배인의 부인이 독수리 집에서 여름을 보내고 난 후, 평소에 예뻐하던 로즈에게 3주 동안 휴가를 보내라며 권한 덕분이었다. 지배인 부인은 랭킨 부인에게 그녀를 소개 하는 편지를 보냈고, 랭킨 부인은 그녀를 반갑게 맞이했다.

체스터는 몸이 튼튼하지 못했다. 그녀는 갓 스무 살을 넘 겼지만, 실내에서만 생활한 탓에 창백하고 몸이 허약했다. 그 러나 레이크랜드에서 일주일을 지내자, 그녀는 아주 달라졌 다. 낯빛이 밝아지고 활기를 되찾은 것이다. 9월 초순의 캄버 랜드는 가장 아름다운 시기였다. 산의 나무들은 단풍이 들어 가을빛이었고, 공기는 샴페인 향처럼 싱그러웠다. 쌀쌀한 밤 이 되면 모두 독수리 집의 담요 속으로 파고들곤 했다.

에이브럼 목사와 체스터는 이내 아주 친한 사이가 되었다. 늙은 물레방앗간 주인은 랭킨 부인으로부터 로즈의 이야기를 전해 들었다. 그러자 그는 험한 세상에서 홀로 사는 외롭고 연약한 아가씨에게 관심이 생겼다.

체스터에게 산골 마을은 아주 생소한 곳이었다. 애틀랜타에서만 살아온 그녀에게는 뜨거운 평야가 익숙했다. 그래서 그녀는 캄버랜드 산지의 장엄하고 다양한 풍경이 매우 마음에 들었다. 그녀는 그곳에 머무는 순간을 항상 즐겁게 보내야겠다고 결심했다. 재정 상태는 곤궁했지만, 지출 비용까지 꼼꼼하게 계산한 덕분에 그녀는 일터로 돌아갔을 때 얼마의 돈이 남았는지 동전 단위까지 다 파악하고 있었다.

체스터가 에이브럼 목사와 친해진 것은 행운이었다. 그는 레이크랜드의 산줄기에 있는 길, 봉우리, 비탈길까지 모르는 곳이 없었다. 그녀는 그의 안내에 따라 레이크랜드 곳곳을 누볐다. 소나무 숲의 그늘과 가파른 오솔길이 만들어 내는 신성한 아름다움, 벌거숭이 바위의 장엄함, 수정처럼 맑고 서늘한 아침, 어딘지 모르게 슬퍼 보이고 환상적인 황금빛 오후마저 친숙해졌다. 그렇게 그녀는 매일 눈에 띄게 건강해졌고, 마음도 나날이 가벼워졌다. 에이브럼의 유쾌한 웃음소리처럼 그녀의 웃음도 진심 어린 빛을 띠었다. 두 사람은 타고난 낙천주의자였다. 세상 사람들을 향해 명랑하고 환하며 기분을 좋게 만드는 미소를 지을 줄 알았다.

어느 날, 체스터는 한 손님에게서 에이브럼 목사의 잃어

버린 딸에 관한 이야기를 들었다. 그녀는 급히 달려 나가 그를 찾았다. 그는 자신이 가장 아끼는 통나무 의자에 앉아 있었다. 그는 자신의 어린 친구가 눈물이 가득한 눈으로 자신의 손을 잡자 놀랐다.

"아, 에이브럼 목사님."

그녀가 말했다.

"정말 안됐어요. 저는 따님에 대한 일은 전혀 몰랐어요. 그렇지만 언젠가는 찾게 되리라 믿어요. 하느님께 기도할게요."

방앗간 주인은 미소를 지으며 그녀를 바라봤다.

"로즈, 고마워요."

그는 평소와 다름없는 표정이었다.

"그렇지만 어글레이어를 찾을 수 있다는 기대는 사라졌어요. 지난 몇 년 동안은 차라리 부랑자에게 납치를 당했더라도 어딘가에 살아 있기만을 간절히 기도했어요. 하지만 지금은 그런 희망도 다 놓아 버렸어요. 아마 익사한 게 아닐까 싶어요."

"저는 이해할 수 있어요. 그런 생각들로 얼마나 견디기 힘드셨을지를요. 그런데 이렇게 웃음을 잃지 않고 다른 사람의 고통을 덜어주려 하셨다니……. 정말 훌륭한 분이라고 생각해요."

로즈가 말했다.

"당신도 좋은 사람이에요."

방앗간 주인은 웃으면서 로즈의 말을 따라 했다.

"로즈만큼 다른 사람을 걱정해 주는 사람도 없을 거예요."

순간 체스터의 머릿속에 엉뚱한 생각이 떠올랐다.

"에이브럼 목사님. 제가 만약 목사님의 딸로 밝혀진다면 아주 굉장한 일이겠지요? 아주 낭만적인 일일 거예요. 혹시 저를 딸로 삼을 생각은 없으신가요?"

그녀가 말했다.

"나야 좋지요."

방앗간 주인은 진심으로 기뻐하며 말했다.

"만약 어글레이어가 살아 있다면, 당신처럼 아름다운 아가씨로 자라 주었다면 좋았을 거예요. 어쩌면 로즈가 정말 어글레이어일지도 모르고요."

그는 그녀의 장난을 받아 주려고 농담을 건넸다.

"혹시 어릴 적 물레방앗간에서 함께 살았던 기억이 있나요?"

그러자 체스터는 깊은 생각에 빠졌다. 그녀의 커다란 두 눈은 먼 곳을 향해 있었다. 에이브럼 목사는 별안간 그녀가 진지해지는 게 재미있었다. 그녀는 한참을 그렇게 있다가 말문을 열었다.

"잘 모르겠어요." 그녀는 깊은 한숨을 쉬며 말했다.

"물레방아는 전혀 생각나지 않아요. 여기 교회, 이 물레방 앗간을 보기 전까지는 한 번도 물레방아를 본 적이 없어요. 제가 만약 목사님의 딸이라면 분명히 생각이 날 텐데 말이에 요. 너무 아쉬워요, 에이브럼 목사님."

"저도 마찬가지랍니다."

에이브럼 목사는 그녀를 달랬다.

"로즈 양이 제 딸이었던 건 기억나지 않더라도, 다른 분의 아이였던 때는 기억하지요? 부모님에 대한 기억 말이에요."

"당연히 기억해요. 특히 아버지는 생생하게 기억나요. 아 버지는 목사님과 전혀 닮지 않았어요. 아버지는 오랫동안 직 업이 없으셨어요. 항상 오후에는 연어가 헤엄치는 연못에 데 려가겠다고 약속했지만, 저는 한 번도 연어를 본 적이 없어 요."

어느 날 늦은 오후, 에이브럼 목사는 옛 물레방앗간을 찾 았다. 그는 종종 그곳에 걸터앉아 길 건너 오두막에 살던 지 난날을 떠올렸다. 세월의 힘은 세다. 그것은 그의 가슴을 찢 는 칼날을 무디게 만들었고, 그는 더는 그 시절을 회상하면서 슬픔에 빠지지 않았다. 하지만 에이브럼 스트롱은 우울한 9 월의 오후, 덤스가 노란 곱슬머리를 휘날리며 매일 뛰어놀던 장소에 앉아 있을 때만큼은 레이크랜드 사람들에게 항상 보여 주던 미소를 지을 수 없었다.

방앗간 주인은 꼬불꼬불하고 가파른 길을 천천히 올라갔다. 그는 모자를 벗어 들고 길 가장자리에 있는 울창한 나무 그늘을 따라 걸었다. 다람쥐들은 낡은 울타리 위를 신나게 뛰어다녔고, 메추라기는 밀밭에서 어린 새끼들을 불러 모았다. 기우는 해는 서쪽으로 뚫린 산골짜기를 황금빛으로 물들였다. 바로 어글레이어가 사라진 9월 초순이었다.

옛날 방식의 낡은 물레방아에는 담쟁이덩굴이 절반쯤 뒤덮여 있었다. 나무 사이를 통과한 따뜻한 햇볕이 그 물레방아를 군데군데 비췄다. 길 건너 오두막은 여전히 그 자리에 있었지만, 강한 겨울바람이라도 몰아치면 금세 무너질 것처럼 위태로웠다. 나팔꽃과 야생 박 덩굴이 그 위를 덮고 있었고, 문은 경첩 하나에 매달려 있을 뿐이었다.

에이브럼 목사는 방앗간 문을 열고 조심스럽게 안으로 들어갔다. 그때 안쪽에서 이상한 소리가 들려서 그는 발을 멈췄다. 안쪽에서 누군가 슬픔에 겨워 흐느끼고 있었다. 어두컴컴한 신도석에 앉아 고개를 푹 숙이고, 편지 하나를 손에 쥔 채 울고 있는 체스터가 보였다.

에이브럼 목사는 체스터 양에게 다가가 강인한 두 손으로 그녀의 손을 잡았다. 체스터 양이 올려다보면서 목사의 이름을 부르며 말하려고 했다.

"말하지 않아도 괜찮아요."

방앗간 주인이 상냥하게 말했다.

"말로 설명하려고 애쓰지 말아요. 기분이 우울할 때는 잠깐 우는 게 제일 좋으니까요."

나이가 든 방앗간 주인은 깊은 슬픔을 겪었던 사람이라 그런지 마술처럼 다른 사람의 슬픔을 걷어 내 주었다. 그녀의 울음소리는 점점 잦아들었다. 이윽고 체스터 양은 가장자리 장식이 없는 작은 손수건을 꺼내 에이브럼 목사의 커다란 손에 떨어진 자신의 눈물 한두 방울을 닦아 냈다. 그러고는 고개를 들어 젖은 눈으로 미소를 지었다. 체스터 양은 슬픔을 안고 살면서도 미소 짓는 에이브럼 목사처럼 눈물이 마르기도 전에 미소를 지을 수 있었다. 두 사람은 이런 모습이 참 많이 닮아 있었다.

방앗간 주인은 아무것도 묻지 않았다. 하지만 잠시 후 그녀가 먼저 이야기를 꺼냈다.

젊은이들에게는 언제나 심각하고 중요해 보이지만, 노인들에게는 그저 미소를 지으며 각자 추억에 잠기게 만드는 흔한 이야기였다. 짐작한 대로 사랑 이야기였다. 애틀랜타에 아주 훌륭하고 근사한 청년이 있었는데, 그는 체스터 양이 애틀랜타에서나 그린란드에서 파타고니아에 이르기까지 어느 곳에서든 다른 어떤 사람보다 더 나은 사람임을 알아보았다. 체스터 양은 자신의 눈물 자국이 나 있는 편지를 에이브럼 목사에게 보여 주었다. 훌륭하고 근사한 청년들이 쓰는 연애편지답게 남자답고도 다정하며 과장되고 간절한 편지였다. 그 청년은 체스터 양에게 청혼했다. 체스터 양이 3주간 여행을 떠난 후, 자기 인생이 견딜 수 없이 고통스러워졌다고 설명했다. 그러면서 당장 답장을 달라고 간청했는데, 청혼을 받아 준다면 당장 레이크랜드로 날아가겠다고 했다.

"그런데 뭐가 문제지요?"

방앗간 주인이 편지를 읽고 나서 물었다.

"저는 그와 결혼할 수 없어요."

"그와 결혼하고 싶기는 하고요?"

"아, 저는 그를 사랑해요. 하지만……."

로즈 양은 다시 고개를 숙이고 울기 시작했다.

"진정하고 나한테 다 털어놔 봐요. 캐묻지는 않겠지만, 날 믿고 말해요."

"네, 저는 목사님을 믿어요. 제가 왜 랠프의 청혼을 거절해야 하는지 말씀드릴게요. 저는 보잘것없는 사람이에요. 심지어는 이름조차 없는 사람이지요. 지금 제 이름은 가짜예요. 반면 랠프는 고귀한 사람이지요. 전 그를 진심으로 사랑하지만, 그 사람의 아내가 될 수는 없어요."

"그게 무슨 소리지? 부모님을 기억하고 있다고 했잖아요.

왜 이름이 없다는 거지요? 이해를 못 하겠군요."

"부모님은 기억해요. 물론 생생하게 기억하고 있어요. 제 생애 첫 기억은 저 먼 남쪽에서의 생활이에요. 우리 가족은 이곳저곳으로 이사를 많이 다녔는데, 저는 목화를 따고 공장에서 일하기도 했어요. 먹을 것과 입을 것이 부족할 때가 많았어요. 엄마는 가끔 저한테 잘해 주셨지만, 아빠는 언제나 난폭해서 저를 때렸어요. 부모님은 모두 게을렀던 탓에 한 지역에 정착하지 못했던 것 같아요. 그러다가 애틀랜타 근처의 작은 마을에 살던 때였어요. 어느 날 밤에 부모님이 크게 다투셨지요. 두 분이 서로 욕설을 퍼붓고 빈정거리는 와중에 알게 됐어요. 저는 제가 존재할 권리조차 없는 사람임을 알게 됐지요. 목사님, 모르시겠어요? 저는 이름을 가질 권리가 없던 사람이었지요. 그날 밤, 저는 집에서 도망쳐 나왔어요. 애틀랜타까지 걸어가서 일자리를 찾았어요. 제 이름을 로즈 체스터라고 짓고는 그때부터 혼자 살아왔어요. 이제 제가 왜 랠프와 결혼할 수 없는지 아시겠지요? 아, 그에게는 이런 이야기를 절대 할 수 없어요."

에이브럼 목사는 그녀의 아픔을 대수롭지 않게 여겼는데, 그것은 동정보다 낫고 연민보다 더 쓸모 있었다.

"세상에나, 그게 전부인가요? 난 뭔가 큰일이라도 생긴 줄 알았어요. 그 완벽한 청년이 사람다운 사람이라면 아가씨 집

안이 어떻든 전혀 신경 쓰지 않을 거예요. 로즈 양, 내 말 잘 들어요. 그 청년이 좋아하는 사람은 아가씨라고요. 방금 나한테 말한 것처럼 그 청년에게 솔직히 말해요. 그럼 분명히 그 청년은 웃으면서 그런 아가씨를 더 마음에 두게 될 거예요."

"아, 저는 절대 말 못 해요."

그녀는 슬프게 말했다.

"저는 그 사람은 물론이고 그 누구와도 결혼하지 않을 거예요. 그럴 자격이 없으니까요."

그때 두 사람은 햇살이 비치는 길을 따라 까딱까딱 움직이는 긴 그림자를 보았다. 이어서 그보다 더 작은 그림자가 그 옆에서 까딱거렸다. 이윽고 이상한 두 형체가 예배당 앞에 나타났다. 긴 그림자는 오르간 연습을 하러 온 연주자 피비 서머즈였고, 작은 그림자는 열두 살 난 토미 티그였다. 오늘은 토미 티그가 피비의 오르간에 바람을 불어넣는 날이었다. 토미 티그는 자랑스럽게 맨발로 먼지를 일으키며 걸어왔다.

피비는 라일락 무늬의 사라사 무명 드레스 차림에 짧은 곱슬머리를 깔끔하게 귀 뒤로 넘긴 모습이었다. 그녀는 에이브럼 목사에게 허리를 숙여 인사하고, 체스터 양에게는 형식적으로 고개만 까딱했다. 그러고는 조수와 함께 오르간이 있는 2층으로 가파른 계단을 올라갔다.

에이브럼 목사와 체스터 양은 점점 어두워지는 아래층에

서 생각에 잠겨 있었다. 두 사람은 아무 말도 하지 않았다. 자신들만의 추억을 더듬느라 바쁜 것 같았다. 체스터 양은 손으로 턱을 괸 채 앉아서 먼 곳을 응시했다. 에이브럼 목사는 그 옆자리에 서서 생각에 잠겨 문밖의 길과 무너져 가는 오두막을 바라보았다.

갑자기 그의 주위 풍경은 20여 년 전으로 되돌아갔다. 토미가 오르간에 바람을 불어넣을 때, 공기가 얼마나 들어갔는지 확인하려던 피비가 저음 건반을 꾹 눌렀기 때문이었다. 그 순간, 예배당이 에이브럼 목사의 눈앞에서 사라져 버렸다. 그 작은 건물을 뒤흔들며 깊게 떨리는 소리는 오르간 소리가 아니라 물레방아가 돌아가는 소리였다. 에이브럼 목사는 오래된 물레방아가 돌아가고 있다고 확신했다. 가루를 뒤집어쓴, 그 옛날 즐거운 물방앗간 주인으로 돌아간 느낌이었다. 땅거미가 졌고, 곧 어글레이어가 아빠를 저녁 식사에 데려가려고 머리카락을 휘날리며 저 길을 아장아장 걸어올 것이다. 에이브럼 목사의 눈길은 오두막의 부서진 문에 꽂혀 있었다.

그때 또 다른 기적이 일어났다. 2층에는 밀가루 부대가 쌓여 있었는데, 쥐 한 마리가 밀가루 부대 하나를 물어뜯어 놓은 모양이었다. 그런 와중에 깊은 오르간 음이 진동하자, 2층 바닥 틈새로 밀가루가 흘러내려 에이브럼 목사를 머리에서 발 끝까지 하얗게 뒤덮었다. 옛 방앗간 주인은 통로로 걸어

나가 두 팔을 흔들며 방앗간지기의 노래를 부르기 시작했다.

> 물레방아 돌아가네
> 곡식 가루가 수북하게 쌓이고
> 밀가루를 뒤집어쓴 방앗간 주인
> 흥에 겨운 노래 부른다

이어서 또 다른 기적이 일어났다. 로즈가 신도석에서 몸을 앞으로 숙이더니 밀가루처럼 창백한 얼굴로 눈을 크게 뜨고 백일몽에 빠진 사람처럼 에이브럼 목사를 쳐다보았다. 에이브럼 목사가 노래를 부르자, 체스터 양은 그에게 두 팔을 뻗었다. 그러고는 입술을 움직여 꿈꾸는 듯한 목소리로 말했다. "아, 아빠. 덤스를 집으로 데려가 줘!"

피비가 오르간의 저음 건반에서 손을 뗐다. 하지만 그 효과는 이미 나타난 후였다. 피비 양이 누른 건반 소리가 닫힌 기억의 문을 열었으니 말이다. 에이브럼 목사는 잃어버렸던 딸 어글레이어를 두 팔로 꼭 끌어안았다.

레이크랜드에 간다면 이 이야기를 자세히 들을 수 있을 것이다. 두 사람이 그 후에 어떻게 되었는지, 집시처럼 떠돌던 유랑민이 방앗간 주인 딸의 예쁜 모습에 반해서 납치해 버린 예전 9월의 그날이 어떠했는지에 관한 이야기 말이다. 하지만 독수리 집의 그늘진 현관에 편안하게 앉아야 그 이야기를 여유 있게 들을 수 있을 것이다. 피비가 누른 저음 건반의 소리가 여전히 떨리며 여운을 남기고 있는 동안, 이 이야기를 끝맺는 것이 좋을 것 같다.

하지만 그 모든 일 가운데서 가장 멋진 일은 에이브럼 목사와 그 딸이 긴 황혼을 만끽하며 너무 기뻐서 할 말을 제대로 찾지 못한 채 독수리 집으로 걸어갈 때 일어났다.

"아버지."

체스터 양이 믿어지지 않는다는 듯 조금 수줍어하며 말을 꺼냈다.

"돈이 많으세요?"

"돈이 많으냐고? 그거야 상황에 따라 다르지. 네가 달이나 그만큼 비싼 걸 사고 싶어 하는 게 아니라면 많다고 할 수 있단다."

"애틀랜타에 전보를 보내려면 돈이 아주 많이 들까요?"

언제나 동전 한 푼도 소중하게 여겨 온 어글레이어가 물었다.

"아, 그거."

에이브럼 목사가 자그맣게 한숨을 쉬며 말했다.

"알겠다. 랠프에게 이곳으로 오라고 하고 싶은 모양이구나."

"기다려 달라고 말하고 싶어요. 전 이제 막 아버지를 찾았
으니까요. 한동안은 아버지와 단둘이 지내고 싶어요. 그래서
기다려 달라고 말하고 싶어요."

추수 감사절의 두 신사

우리가 명절이라고 부르는 날은 딱 하루다. 그날이 되면 자수성가하지 못한 우리는 고향으로 돌아가 소다를 넣은 비스킷을 먹고, 집 앞의 낡은 양수기와 현관과의 거리가 어릴 때 느꼈던 것에 비해 얼마나 가까워졌는지를 보고 놀라곤 한다. 이날은 축복이 함께 할지어다. 이날은 루스벨트 대통령이 선물한 날이다. 우리는 청교도들의 추수 감사절에 대한 이야기를 듣기만 할 뿐, 그들이 정작 누구인지 알지 못한다. 만약 그들이 다시 이 땅에 온다면 우리는 틀림없이 그들을 바깥으로 몰아낼 것이다. 플리머스록(닭 품종의 하나)에 대한 문제는 없냐고? 그것은 청교도보다 더 익숙하다. 칠면조 단체가 생긴 후로부터는 대부분 사람이 칠면조 대신 닭을 먹게 되었으니 말이다.

워싱턴에 사는 한 사람은 추수 감사절에 관한 어떤 선언이 있을 거라고 소문을 내고 다녔다. 크랜베리가 많이 열리는 뉴욕은 아예 추수 감사절을 공식적인 명절로 정했다. 그날은 11월의 마지막 목요일이다. 이날은 1년 중 유일하게 뉴욕이 미국을 생각하는 날이다. 온전히 미국적인 날, 오직 미국인만의 기념일인 것이다.

대서양 너머에 자리 잡은 이곳, 미국에서도 국민들의 각성과 진취적 특질 덕분에 영국보다 더 빠른 속도로 전통이 자리를 잡고 있다. 이제 그 이야기를 해 보자.

스터피 피트는 유니온 광장의 동쪽 입구로 들어와 분수대 반대 방향으로 걸어간 후, 세 번째로 보이는 벤치에 앉았다. 지난 9년 동안 그는 추수 감사절이 되면 꼭 1시에 그 자리를 찾았다. 그때마다 그는 찰스 디킨스의 소설에서처럼 조끼의 앞뒤가 부풀어 오를 만큼 사람들에게 음식을 얻어먹어 배를 채울 수 있었다.

그러나 오늘 스터피 피트는 오랫동안 가난한 사람들을 주기적으로 괴롭히는 배고픔을 달래기 위해서라기보다는, 그저 습관을 끊을 수 없어서 늘 찾아오던 때를 맞춰 온 것처럼 보였다.

분명하게 말하지만 피트는 배가 고프지 않았다. 그는 음식을 많이 먹어서 호흡이 불편할 정도였다. 그의 얼굴은 밀가루

반죽처럼 부풀어 오른 데다가 마치 기름기가 흐르는 가면 같
았고, 두 눈은 다 시든 까치밥나무 열매 같았다. 그는 가쁜 숨
을 내쉬고 있었다. 상원 의원처럼 살진 모습은 멋을 부린 듯
세운 외투의 옷깃과는 전혀 어울리지 않았다. 일주일 전에 친
절한 구세군이 달아 준 단추는 마치 팝콘이 튀듯 튕겨 나가
땅바닥에 떨어졌고, 셔츠 앞자락이 벌어지는 바람에 가슴뼈
는 다 드러나 있었다. 하지만 그는 눈송이가 흩날리는 11월의
싸늘한 바람을 시원하다고 여겼다. 스터피 피트는 진수성찬
을 얻어먹은 뒤라 몸에 충분한 열량이 있었다. 그는 바로 직
전까지 굴 요리로 시작해 그가 세상에서 가장 좋아하는 칠면
조 구이, 구운 감자, 닭고기 샐러드, 호박 파이와 아이스크림
을 다 먹어 치웠다. 그는 건포도를 넣은 푸딩으로 입가심까지
하고 벤치에 앉아 식후의 오만한 마음으로 세상을 바라보고
있었던 것이다.

　하지만 이런 융숭한 대접은 전혀 예상할 수 없었다. 그는 5
번가 초입 근처의 붉은 벽돌로 된 저택 앞을 지나고 있었다.
이 집에는 전통을 중요하게 여기는 두 노파가 살고 있었다.
그들은 뉴욕의 존재를 부정할 정도였고, 추수 감사절은 오로
지 워싱턴 광장을 위해서만 선포된 것이라고 믿고 있었다. 그
들의 여러 관습 중 하나는 이날 후문에 하인을 세워 놓고, 정
오가 지난 후 처음으로 문 앞을 지나는 굶주린 나그네를 불러

들여 만찬을 대접하는 것이었다. 마침 스터피 피트가 공원으로 가는 길에 우연히 그곳을 지나쳤고, 그 집 하인의 손에 이끌려 그 저택의 관습을 지키는 데 도움을 준 것이다.

스터피 피트는 10분 동안 멍하니 정면을 바라보다가 문득 옆을 보고 싶다는 생각이 들었다. 그가 애써서 고개를 천천히 왼쪽으로 돌리자, 그의 두 눈은 두려움에 사로잡혔고 숨조차 제대로 쉬기 힘들었다. 그의 짧은 다리 끝에 매달린 징을 박은 구두는 바삐 움직일 수밖에 없었다.

바로 노신사 한 명이 4번가를 가로질러 그가 앉아 있는 벤치를 향해 걸어왔기 때문이었다.

이 노신사는 9년 동안 추수 감사절마다 항상 같은 벤치에 앉아 있는 스터피 피트를 찾아왔다. 그 일은 노신사가 전통으로 생각하는 일이었다. 그래서 9년 동안 추수 감사절이 오면, 그는 스터피를 이곳에서 만나 레스토랑으로 데려갔다. 그러고는 그가 푸짐하게 저녁을 먹는 모습을 지켜보고는 했다. 영국 사람들은 몸에 밴 듯이 자연스럽게 이런 전통을 지키지만, 미국처럼 역사가 짧은 나라에서 이런 전통이 9년 동안 계속되었다는 것은 사실 대단한 일이다. 노신사는 자신을 미국을 사랑하는 애국자이자, 전통을 세우는 선구자라고 여겼다.

어떤 일이든 전통으로 뿌리내리기 위해서는 단 한 번도 거르지 않고 그 일이 이어져야 한다. 산업 보험 회사에서 매

주 10센트를 거두는 일이라거나 거리를 청소하는 일처럼 말이다.

노신사는 자신의 신념인 전통을 꾸준하게 지키기 위해 피트에게 곧장 걸어갔다. 사실 스터피 피트에게 해마다 진수성찬을 대접한다는 것은 영국의 대헌장, 혹은 아침마다 잼을 먹는 풍습처럼 범국가적인 일은 아니었다. 하지만 지금은 그렇게 되어 가는 첫 단계인 듯했다. 그래서 아직까지는 어느 정도 의식적으로 행해지는 일이었다. 이는 뉴욕, 나아가 미국 사람들에게 어떤 관습이 형성될 수 있다는 것을 말해 주는 형태이기도 했다.

예순이었던 노신사는 호리호리한 체형에 키가 컸다. 그는 매번 검은색 정장을 차려입었고, 코 받침이 제자리에 붙어 있지 않은 오래된 안경을 쓰고 있었다. 그의 머리카락은 작년보다 더 하얗고 숱이 적어졌다. 또한 손잡이가 구부러지고 울퉁불퉁한 마디가 박힌 지팡이에 더욱더 몸을 의지하는 모양새였다.

자신의 한결같은 후원자가 다가오자, 스터피는 숨을 헐떡이며 몸을 떨 수밖에 없었다. 그것은 마치 주인을 따라가던 통통한 개가 길에서 으르렁거리는 큰 개를 만났을 때의 모습 같았다. 마음 같아서는 훌쩍 날아가고 싶었지만, 비행선 발명가인 산투스두몽의 실력이라 하더라도 그를 벤치에서 떠나게 하지는 못했을 것이다.

"안녕하셨나요?"

노신사가 말했다.

"우여곡절이 많은 한 해가 지나면서도 이렇게 아름다운 세상을 거니는 것을 보니 참 반갑습니다. 그 한 가지 축복만으로도 올해 추수 감사절은 우리 모두에게 감사한 날이 아닌가 싶습니다. 어서 나를 따라오시지요. 내가 영혼에 어울리는 육체를 만들어 줄 음식을 대접해 드릴 테니."

노신사는 매번 이런 식으로 말했다. 이 말 자체가 어쩌면 하나의 관습이라고 해도 무방하다. 「독립 선언서」와 견줄 수 있을 정도의 말이었다. 작년까지만 하더라도 노신사의 이 말은 그에게 달콤한 음악 소리처럼 들렸다. 하지만 지금 그는 너무 괴로운 나머지 눈물을 쏟을 것 같은 얼굴로 노신사의 얼굴을 올려다봤다. 큼지막한 눈송이가 땀이 맺힌 그의 이마에 떨어지더니 이내 녹아 버렸다. 그러나 노신사는 몸을 살짝 떨더니 어느새 바람을 등지고 서 있었다.

스터피는 늘 의아스러웠다. 왜 항상 노신사는 슬픈 어조로 말을 건네는 것일까? 그는 노신사가 자신의 대를 이을 아들을 간절히 바라 왔다는 사실을 알지 못했다. 그는 자신이 죽고 나면 이곳에 대신 찾아올 아들을 바랐다. 나이가 든 스터피 앞에 서서 당당하고 자랑스러운 얼굴로 '선친의 뜻을 기리기 위해'라고 말할 아들을 간절히 바라던 노신사였다. 그렇게 된다면 그의 일은 하나의 관습이 될 터였다.

하지만 노신사에게는 친척이 하나도 없었다. 그는 공원 동쪽의 조용한 거리에 있는 낡은 갈색 벽돌 저택에 세 들어 살고 있었다. 겨울이면 그는 여행용 가방 크기 정도 되는 온실에서 푸크시아를 키웠고, 봄이 오면 부활절 행렬을 따라 걸었다. 여름이 되면 그는 뉴저지주에 있는 농장에서 생활하며 등의자에 앉아 언젠가는 찾기를 바라는 신비한 나비에 관해 이야기했다. 그리고 가을이 되면 스터피에게 저녁을 대접했다. 이것이 매년 노신사가 하는 일이었다.

한편 자기 연민에 빠진 스터피 피트는 어쩔 줄 몰라 하면서 마음을 졸였다. 노신사의 눈은 적선의 기쁨으로 가득 찼다. 그의 얼굴 주름살은 해마다 늘었지만, 조그마한 검은 나비넥타이는 여전히 단정하게 그의 목에 매여 있었다. 그의 와이셔츠는 언제나 새하얀 상태였고, 회색 콧수염은 날렵하게 양쪽 끝이 말려 올라가 있었다. 스터피는 콩이 냄비 속에서 부글부글 끓는 것 같은 소리로 웅얼거렸다. 노신사가 기다렸던 대답이었다. 그는 전에도 아홉 번이나 그 소리를 들었기 때문에 "감사합니다. 선생님, 따라가겠습니다. 마침 배가 고팠습니다."라고 이해했다.

스터피는 정신을 차리기 힘들 정도로 과식한 상태였다. 하지만 그는 자신이 이 관습의 뿌리라는 확신이 들었다. 추수 감사절 때 그의 식욕은 이제 그 혼자만의 것이 아니었다. 이 것은 모든 기존 관습의 신성한 권리에 따라, 그 일의 선취자 인 이 노신사의 것이었다. 미국은 진정으로 자유로운 국가다. 하지만 전통을 만들기 위해서는 누군가가 순환 소수처럼 일 을 반복해야 한다. 모든 영웅이 강철과 황금으로 무장한 것은 아니다. 쇠나 주석, 쓸모없어 보이는 은박을 입힌 무기나 양 철로 된 무기를 휘두르는 영웅도 지금 여기에 있다.

노신사는 그를 데리고 매해 방문하는 공원 남쪽 레스토랑 으로 가서 항상 성찬을 대접하는 그 식탁에 앉았다. 올해도 사람들은 그들을 알아봤다.

"그 영감이 또 오셨네."

종업원이 말했다.

"추수 감사절마다 똑같은 거지에게 음식을 대접하는 그 노인네 말이야."

노신사는 그을린 진주처럼 반짝이는 식탁의 맞은편으로 가서 앞으로 오랜 전통의 주춧돌이 될 자리에 앉았다. 종업원 들은 식탁 위에 명절 음식을 잔뜩 차렸다. 스터피는 배가 고 파서 나오는 소리라고 오해를 살 법한 한숨을 내쉬며, 불멸하 고 영광스러운 일을 이어 나가기 위해 나이프와 포크를 잡고 고기를 썰었다.

그는 어떤 영웅보다 더 용맹하게 식탁 위의 적들을 해치웠다. 칠면조와 양고기, 수프, 채소, 파이가 나오자마자 순식간에 없애 버렸다. 식당에 들어왔을 때, 그는 이미 목구멍 끝까지 음식이 가득 차 있어서 음식 냄새만 맡아도 신사의 체면을 실추시킬 정도로 메스꺼웠다. 하지만 그는 진정한 기사답게 전의를 되찾았다. 그는 노신사의 얼굴에 자선의 행복이 비치는 것을 보았다. 심지어 신비한 나비가 주는 기쁨보다 더 만족스러워 보였다. 그는 노신사의 행복이 사그라지는 것을 차마 볼 자신이 없었다.

스터피는 한 시간 만에 음식을 다 먹고 승리감에 휩싸인 채 의자에 등을 기대앉았다.

"어르신의 친절에 늘 감사합니다. 정성이 담긴 식사, 감사했습니다."

그는 연기가 새어 나오는 구멍 난 파이프처럼 겨우 말했다.

그리고 그는 흐릿한 눈으로 간신히 일어나서 주방을 향해 걸었다. 어떤 종업원이 그를 돌려세우더니 출입구 쪽으로 그를 보냈다. 노신사는 은화로 1달러 30센트를 건네고, 5센트짜리 백동화 세 개를 팁으로 주었다.

매년 그래 왔듯이 두 사람은 식당 문 앞에서 헤어졌고 노신사는 남쪽으로, 스터피는 북쪽으로 향했다.

첫 번째 길모퉁이를 돌아서자마자, 스터피는 잠시 가만히 서 있었다. 이내 그는 마치 올빼미가 깃털을 퍼덕이듯 누더기를 펄럭이면서 일사병에 걸린 말처럼 인도 위에 쓰러졌다.

구급차를 타고 온 젊은 외과 의사와 운전사는 그가 너무 무겁다고 작은 목소리로 투덜거렸다. 그들은 그에게서 위스키 냄새가 나지 않자, 경찰차로 이송하지 않고 곧장 그를 병원으로 옮겼다. 의사는 그를 침대에 눕히고 메스를 집어 들었다. 그러고는 그에게 이상한 질병이 있는 것은 아닌지 진찰을 시작했다.

그런데 한 시간 뒤에 또 다른 구급차가 노신사를 싣고 오는 게 아닌가! 의사들은 노신사의 모습이 치료비를 낼 정도로 보이자, 병상에 눕혔다. 그들은 노신사가 맹장염이라고 진단을 내렸다.

잠시 후, 한 젊은 의사는 그가 좋아하는 눈매를 가진 한 젊은 간호사에게 노신사에 대해 말했다.

"저기 있는 저 멋쟁이 노신사 말이야."

그가 말을 이었다.

"저렇게 멋진 차림인데, 거의 아사 직전의 상태라고 하더군. 겉보기에는 아주 훌륭한 가문 출신 같아 보이는데 말이지. 본인 말로는 사흘 동안 아무것도 먹지 못했다고 하더군."

구두쇠 연인

그 거대한 백화점에는 여성 직원이 3,000명 정도 있었다. 메이지는 그중 한 사람이었다. 열여덟 살인 그녀는 신사용 장갑 매대를 담당했다. 그녀는 그곳에서 일하면서 두 부류의 인간에 대해 꿰뚫게 되었다. 한 부류는 장갑을 사 가는 남자들이었고, 다른 한 부류는 지갑이 넉넉하지 못한 남자들에게 선물해 줄 장갑을 사러 오는 여성들이었다. 메이지는 인간에 대한 폭넓은 지식 외에 다른 정보도 습득했다. 그녀는 나머지 2,999명의 수다에 담긴 지혜의 말을 잘 들어 두었다가 몰타섬의 회색 고양이처럼 비밀스럽고 조심스럽게 머릿속에 켜켜이 쌓아 두었다. 그녀 주변에 지혜로운 조언자가 없을 것이라는 사실을 미리 안 신이 그녀에게 미모와 더불어 영특한 성격을 내려 준 것인지도 모른다. 신이 동물 중에서 귀한 털로

치장한 은빛 여우에게 지혜를 줌으로써 다른 동물을 앞지르도록 한 것처럼 말이다.

메이지의 미모는 뛰어났다. 머리는 짙은 금발이었고, 버터 케이크를 굽는 숙녀의 얌전함을 몸에 지니고 있었다. 그녀는 거대한 백화점의 장갑 매대 뒤편에서 일했다. 손님들은 장갑의 크기를 재려고 줄자 위에 손을 올려놓으면 청춘의 여신 헤베를 마주하고 있다는 착각에 빠지기도 했다. 그들은 다시 눈을 들어 그녀의 얼굴을 한 번 더 바라보면서 그녀의 눈빛이 지혜의 여신 미네르바와 닮았다고도 생각했다.

메이지는 매장 감독관이 보이지 않을 때면 과일 젤리를 즐겨 먹었다. 그러다가 그의 눈길이 자기 쪽을 향하면, 먼 하늘을 바라보듯 눈을 들고 그를 향해 부드럽게 미소 짓고는 했다.

그것이 바로 매장 여직원의 미소다. 감히 경고하자면, 큐피드의 짓궂은 장난에 익숙하거나 캐러멜 같은 달콤함에 녹지 않을 자신이 있거나 목석같이 단단하고 냉담한 사람이 아니라면 그 미소를 멀리하는 게 좋을 것이다. 이 웃음은 메이지가 기분 좋게 휴식을 즐길 때 저절로 나오는 표정일 뿐이지, 절대 매장의 것이 아니다. 하지만 매장 감독관은 이것이 제 몫이라고 생각한다. 그는 백화점 안에서 지독한 고리대금업자 같은 행색을 보였다. 특히 이곳저곳을 기웃거리면서 돌아다니는 그의 콧날은 마치 통행세를 받는 다리를 떠올리게 했다. 그가 아름다운 여성 직원들을 쳐다볼 때, 그 음흉한 눈빛은 누군가를 기분 나쁘게 만든다. 물론 모든 매장 감독관이 이런 것은 아니다.

어느 날 화가이자 백만장자, 시인이자 여행가인 어빙 카터가 우연히 이 백화점에 들렀다. 그는 자발적으로 그곳을 방문한 것은 아니었다. 청동과 테라 코타 조각품에 흠뻑 취해 있는 어머니를 따라 자식 된 도리로서 어쩔 수 없이 끌려온 것이었다.

카터는 잠깐 시간을 보내려고 백화점을 어슬렁거리다 장갑 매대까지 왔다. 그는 정말 장갑을 사야겠다고 생각했다. 장갑을 두고 나왔기 때문이다. 게다가 그는 장갑 판매대의 남녀 사이에 어떤 일이 일어난다는 것에 대해서는 전혀 들어보지 못했다. 그래서 그가 장갑을 사러 가는 것에 다른 의미는 없었다.

그때 옷을 잘 차려입었지만 조금 저급해 보이는 청년 서넛이 매대 위로 몸을 기댄 채 장갑을 사이에 두고 점원 아가씨들에게 꼴 보기 싫은 수작을 부리고 있었다. 아가씨들은 크게 웃으면서 귀에 거슬리는 말투로 그들의 말에 맞장구를 쳤다. 카터는 그 사이에 끼고 싶지 않았다. 하지만 그는 때를 놓쳐 버렸다. 계산대 뒤에 있던 메이지를 마주한 것이다. 그는 남쪽 바다에서 떠내려온 빙산, 그 위에서 반짝이는 여름 햇살처럼 차갑고도 따뜻한, 그리고 더할 나위 없이 푸른 그녀의 눈과 마주쳤다. 그녀는 호기심이 가득한 눈빛이었다.

그 순간 화가이자 백만장자인 어빙 카터는 귀공자 같은 창백한 두 뺨에 뜨거운 무언가가 솟구치는 것을 느꼈다. 그는 부끄러워서 붉어진 것이 아니었다. 그것은 근본적으로 지적인 깨달음이었다. 자신도 결국 매대 뒤에서 크게 웃는 여직원들에게 수작을 거는 평범한 청년들과 다를 게 없다는 것을 깨달았기 때문이다. 그는 장갑 판매원의 마음을 얻고자 하는 열망을 품고, 큐피드가 마련해 준 떡갈나무 진열대에 몸을 기댔다. 그는 이제 평범한 사내와 다를 바가 없었다. 그 순간 그는 갑자기 매대 앞 평범한 남자들에게 너그러운 마음이 생겼다. 나아가 그가 지금까지 추구해 온 예의가 쓸데없는 짓이라고 생각했다. 그래서 지금 눈앞에 있는 흠 잡을 곳 없는 여자를 자신의 것으로 만들겠다고 단단히 다짐했다.

포장지에 싸인 장갑을 받고 돈을 내고 나서도 카터는 그 자리를 떠나지 않았다. 메이지는 장밋빛 입술을 움직일 때 보조개가 생기곤은 했다. 장갑을 사러 온 남자들은 이런 식으로 그 자리를 떠나지 못했다. 그녀는 블라우스 소매 사이로 프시케(로마 신화에 등장하는 미녀. 사랑의 신 큐피드의 아내이다.)를 닮은 하얀 팔을 드러냈다. 그러고는 진열장 가장자리에 팔꿈치를 올려놓았다.

카터는 지금까지 자신을 통제해 오며 살았다. 하지만 지금 그는 다른 어떤 사내들보다 서툴기만 했다. 그는 아름다운 점원 아가씨를 직접 대면할 기회를 노릴 수 없었다. 그는 어디선가 읽었거나 누군가에게 들은 점원 아가씨들의 특징과 습관을 떠올리기 위해 골몰했다. 불현듯 이런 아가씨들은 격식을 차린 인사를 고집하지 않을 것이라는 생각이 들었다. 이 아름답고 풋풋한 아가씨에게 조금 무례하게라도 약속을 청해 보려고 하자, 그의 심장은 요동치기 시작했다. 하지만 이런 두근거림은 오히려 그에게 용기를 주었다.

그는 그녀와 조금 일상적인 이야기를 몇 마디 주고받았다. 그러다가 그는 명함을 꺼내 계산대 위에 놓인 그녀의 손에 쥐여 주며 말했다.

"제가 무례하다고 생각하신다면 정말 죄송합니다. 그렇지만 진심으로 당신과 만나고 싶어요. 명함에 제 이름이 적혀 있습니다. 제가 당신과 친밀한, 아니 그저 알고 지내는 사이만 돼도 기쁠 것 같아요. 진심입니다. 그런 영광을 허락해 주시겠어요?"

메이지는 남자를 알았다. 특히나 장갑을 사는 남자라면 두말할 것 없이 잘 알았다. 그녀는 망설이지 않았고, 오히려 그를 똑바로 바라보며 눈가에 웃음을 품고 말했다.

"알겠어요. 당신은 좋은 분 같아 보이네요. 처음 보는 남자와 만나는 게 숙녀다운 행동은 아니지만…… 언제 다시 만날까요?"

"빠르면 빠를수록 좋아요. 댁으로 가는 걸 허락해 주신다면……."

메이지는 크게 웃었다.

"아, 아니요. 안 되는 일이에요."

그녀는 힘주어 말했다.

"제가 사는 아파트를 보겠다니요. 방 세 개에 다섯 식구가 사는 누추한 곳이에요. 제가 남자를 데려가면 엄마가 어떤 표정을 지을지 궁금해지네요."

"그렇다면 편하신 곳 아무 데나 상관없어요."

카터는 이미 그녀에게 푹 빠진 상태였다.

"음, 그럼."

메이지는 복숭앗빛이 감도는 얼굴로 좋은 생각이 있다는 듯 말했다.

"목요일 저녁이 어때요? 7시 30분에 8가와 48가의 길모퉁이에서 봐요. 집이 그 근처거든요. 저는 11시까지 집에 들어가야 해요. 안 그러면 엄마에게 혼나거든요."

카터는 약속을 지키겠다고 호언장담한 후, 서둘러 어머니가 있는 곳으로 돌아갔다. 어머니는 아르테미스 청동상을 사기 전에 의견을 묻기 위해 아들을 찾는 중이었다.

눈이 작고 코가 뭉툭한 여성 직원 한 명이 곁눈질하며 메이지에게 다가왔다.

"높으신 신사 양반이 네게 반했나 보다?"

그녀는 감추지 않고 물었다.

"그 손님 말로는, 한 번만 꼭 만나 달라고 사정하셔서."

메이지는 카터의 명함을 블라우스 주머니 속으로 밀어 넣으면서 기품 있게 말했다.

"만나 달라고 사정했다고?"

작은 눈의 여직원이 웃으면서 말했다.

"그 사람이 월도프 호텔 레스토랑에서 음식을 대접하고, 자동차로 드라이브까지 시켜 주겠다고 하든?"

"아유, 그만 좀 해!"

메이지는 지겹다는 듯 말했다.

"너는 꼭 그런 데를 많이 접해 본 척하더라. 사실은 아니잖아. 지난번에 그 소방차 운전사가 너를 괜찮은 레스토랑에 한 번 데려갔다고 온통 고급스러운 것만 머릿속에 떠오르니? 그 사람은 월도프 호텔은커녕 그 비슷한 이름도 입 밖에 꺼내지 않았어. 명함을 보니 주소는 5가였고 말이야. 그가 저녁을 산다고 하더라도 중국식 옷을 차려입은 비싼 중식 레스토랑은 아닐 거야."

카터는 자신의 자동차에 어머니를 태우고 거대한 백화점을 벗어났다. 그는 심장이 아리는 고통을 느꼈다. 그는 스물아홉 해의 인생을 살면서 자신에게 처음으로 사랑이 찾아왔다는 것을 깨달았다. 하지만 그 사랑의 상대가 너무나도 순순히 길모퉁이에서 만나자고 대답했다는 것에 어딘가 불안한 구석을 감출 수 없었다.

카터는 여성 직원에 대해서 아는 바가 없었다. 그녀의 집이 사람이 거주하기에 너무 비좁다거나 친척이 모여 살아 북적거리는 허름한 곳이라는 것은 전혀 알지 못했다. 그녀에게는 길모퉁이가 거실이고, 공원은 손님을 맞이하는 응접실이었으며, 집 앞의 대로는 산책용 정원과 같았다. 하지만 그녀는 실내 장식품으로 꾸민 화려한 집의 귀부인 못지않았다.

그렇게 두 사람이 만나고 어느덧 2주가 지났다. 어느 날 저녁, 카터와 메이지는 팔짱을 끼고 땅거미가 진 어두운 공원을 산책했다. 그들은 나무 그늘에 있는 벤치를 발견하고는 그곳에 앉았다.

그때 카터는 처음으로 살짝 팔을 뻗어 부드럽게 그녀를 안았다. 그녀는 기다렸다는 듯 황금빛 머리를 그의 어깨에 기댔다.

"어쩜! 왜 진작 이렇게 하지 않았던 거지요?"

메이지는 기쁘다는 듯 한숨 섞인 목소리로 말했다.

"메이지."

카터가 짐짓 진지한 목소리로 말했다.

"내가 그대를 사랑한다는 건 당신도 잘 알 거예요. 나와 결혼해 주세요. 진심이에요. 지금쯤이면 나에 대해 모두 알았다고 생각해요. 당신을 원해요. 우리 사이에 있는 신분 차이 같은 건 아무 문제가 되지 않아요."

"신분 차이라뇨?"

메이지는 의아하다는 듯 물었고, 이에 카터는 재빨리 대답했다.

"그래, 맞아요. 차이라고 할 건 없지요. 우리는 그 어리석은 부류들과는 달라요. 나에게는 당신이 평생 호사를 누리게 할 수 있는 능력이 있어요. 내 사회적 지위나 재산은 그만큼 충분해요."

"모두 그렇게 말하긴 해요. 알고 보면 농담에 지나지 않지만요. 당신은 식료품점에서 일하거나 경마장에 다니는 사람일 거예요. 저는 생각만큼 풋내기가 아니에요."

메이지가 말했다.

"당신이 원한다면 증거를 보여 줄게요. 메이지, 나는 당신을 원해요. 처음 본 그 순간부터 당신에게 빠졌어요."

카터가 말했다.

"남자는 다들 그런 식이에요."

메이지는 즐거운 듯 웃으며 말했다.

"만약 어떤 남자가 겨우 세 번밖에 안 만났는데 푹 빠져 있다고 말한다면, 여자가 자신에게 반했다고 단단히 착각하는 거겠지요?"

"제발 그렇게 말하지 말아요."

카터는 애원하듯 말했다.

"메이지, 내 마음을 알아줘요. 당신의 눈을 처음 본 순간부터 당신은 나에게 세상에서 유일한 여자가 되었어요."

"흠, 그런 농담은 하지 말아요."

메이지는 웃었다.

"도대체 얼마나 많은 여자에게 그런 말을 하고 다닌 거지요?"

그렇지만 카터는 멈추지 않았다. 마침내 그는 그녀의 가슴속에 깊이 숨어서 가냘프게 퍼덕이던 어린 영혼을 매만질 수 있었다. 그의 말은 가벼움으로 만들어진 그녀의 갑옷을 꿰뚫어 그녀의 마음에 닿을 수 있었다. 그녀는 이제 모든 것을 이해하겠다는 표정으로 그를 바라보았다. 그녀의 차가운 뺨이 뜨거워졌다. 어설픈 몸짓으로 몸을 떨면서 날개를 접는 나방이 이제 막 사랑의 꽃잎 위에 내려앉으려는 참이었다. 새 삶을 알리는 불빛이 희미하게 장갑 매대 맞은편에서 그녀를 향해 비추는 것 같았다. 카터는 그녀의 변화를 느꼈고, 그 기회를 잡았다.

"메이지, 나와 결혼해요."

그는 부드럽게 말했다.

"이런 볼품없는 도시를 떠나서 나와 함께 멋진 도시로 떠나는 건 어때요. 일이나 사업 같은 건 다 잊어버리고, 긴 휴가를 떠나는 거예요. 나는 당신을 데려갈 곳을 이미 생각해 두었어요. 나도 여러 번 갔던 곳이에요. 한번 상상해 봐요. 영원히 여름이 지속되는 해변을요. 그 아름다운 해변에 파도가 부서지고, 사람들은 마치 아이처럼 행복한 표정을 짓고 있는 그런 풍경을요. 배를 타고 해안가에 도착하면 당신이 원하는 만큼 그곳에 머물도록 해요. 아주 먼 도시 중 어떤 곳에서는 멋진 그림과 조각상으로 가득한 웅장한 궁전과 탑을 볼 수 있어요. 그리고 도시 한복판에는 물길이 있어서 배를 타고 움직일 수……."

"저도 그건 알아요."

갑자기 메이지가 그의 말을 끊었다. 그녀는 허리를 세우고 말했다.

"바로 곤돌라지요."

"맞아요."

카터가 웃으며 대답했다.

"아, 그럴 줄 알았어요."

메이지가 말했다.

"그리고 그다음은 전 세계 곳곳을 여행하면서 원하는 모든 걸 구경하는 거예요. 먼저 유럽을 둘러보고, 인도의 고대 도시로 떠나는 거예요. 그곳에서 코끼리를 타고 힌두교와 브라만의 장엄한 사원을 보는 거지요. 그리고 일본의 색다른 정원을 둘러보고, 페르시아로 이동하는 거예요. 그곳에서는 낙타 행렬과 전차 경주를 보고요. 수많은 이국의 신비로운 풍경은 죄다 둘러보고 오는 거예요. 어때요, 메이지. 이렇게 살면 즐겁지 않을까요?"

메이지는 갑자기 벌떡 일어났다.

"이제 집으로 가는 게 좋겠어요."

그녀의 목소리는 차가웠다.

"시간이 늦었거든요."

카터는 메이지의 기분을 맞춰 주었다. 그녀는 변덕스럽고 가벼운 성격이었다. 그녀의 성격을 이미 알고 있는 카터는 다른 말을 해 봤자 소용없다는 것을 잘 알았다. 하지만 그는 벅차오르는 만족감에 흠뻑 빠져 있었다. 이 걷잡을 수 없는 프시케의 영혼을 얇은 명주실로나마 잠깐 붙잡을 수 있었고, 그 덕분에 그녀의 날개가 잠시 접혔던 것이다. 심지어 그녀의 차가운 손이 그의 손을 잡기까지 했다.

다음 날, 백화점에서 메이지의 친구인 룰루가 계산대 모서리에서 그녀를 불러 세우고는 말을 걸었다.

"그 부잣집 도련님하고는 어때? 잘돼 가?"

"아, 그 남자?"

메이지는 고불거리는 옆머리를 매만지며 말했다.

"나 그 사람이랑은 끝났어. 룰루, 글쎄 그 남자가 나한테 뭐라고 한 줄 아니?"

"배우라도 되라고 하든?"

룰루가 재빨리 물었다.

"아니, 지독하게 유치해서 그런 말은 할 줄도 모를 거야. 글쎄, 나보고 결혼하자고 하면서 신혼여행은 이 앞에 있는 코니아일랜드로 가자는 거 있지!"

뉴욕인의 탄생

래글스는 그 누구보다도 시인이었다. 사람들은 그를 떠돌이라고도 말했다. 하지만 그 말은 철학자이자 예술가이며, 여행가이자 자연주의자이며, 발견자임을 간략하게 설명하는 방식이었을 뿐이다. 어찌 되었든 그는 그 무엇보다 시인이라는 말에 어울리는 사람이었다. 그는 살면서 시를 한 줄도 쓰지 않았지만, 그의 인생은 시 자체였다. 그의 기나긴 여정을 「오디세이」 같은 시로 적는다면, 그것은 그저 풍자에 지나지 않았을 것이다. 하지만 다시 한번 강조해서 말하자면, 래글스는 분명 시인이었다.

그가 펜을 쥐고 종이 위에 힘을 쏟았다면, 도시에 바치는 소네트(14행의 짧은 시로 이루어진 서양 시가)의 전문가가 되었을 것이다. 여성들이 거울에 비친 자신의 모습에 집중하고 아이들이 낡은 인형 속에 들어 있는 톱밥과 아교풀을 유심히 살피는 것처럼, 야생 동물에 대해 글을 쓰는 사람이 동물원의 우리를 응시하는 것처럼, 그는 도시를 연구했다. 래글스에게 도시는 벽돌과 회반죽으로 만들어진 건물과 그 안에 사는 사람들이었다. 그뿐만 아니라 특별한 영혼을 내재한 대상이자, 나름의 고유한 본성과 맛을 지닌 생명을 가진 개체였다. 그는 동서남북 3,000킬로미터를 떠돌아다니며 이토록 많은 도시를 정열적으로 끌어안았다. 그는 세월이 어떻게 흐르는지도 잊은 채, 흙먼지가 날리는 길을 꿋꿋하게 걸어 다니거나 화물차에 올라타 기세등등하게 달리며 여행을 이어 나갔다. 한 도시의 비밀스러운 이야기를 듣고, 또 아무렇게나 다른 도시로 떠나기를 반복했다. 아, 이런 래글스의 변덕을 누가 알겠는가! 그는 예리한 환상을 휘어잡아 활용해 줄 도시를 아직 만나지 못한 것이다.

종종 옛 시인들은 도시를 여성이라고 상상했다. 시인 래글스도 마찬가지였다. 그가 애정을 갈구했던 모든 도시의 특징적인 모습은 뚜렷하고 생생하게 남아 있었다.

시카고는 화려한 깃털 장식으로 몸을 꾸민 채 파촐리 향수를 뿌린 패딩턴 부인을 연상시켰다. 게다가 그곳은 장밋빛 미래에 관한 아름다운 노랫말로 마음을 혼란스럽게 하기도 했다. 하지만 래글스는 추위에 부들부들 떨면서 잠에서 깨어나,

이상과 꿈에 대한 어떤 인상이 감자 샐러드와 생선 접시 언저리에서 아른거리다가 이내 스르륵 사라지고 만다는 것을 깨달았다.

이게 바로 시카고에 대한 인상이었다. 어쩌면 묘사가 조금은 애매하고 부정확할지도 모른다. 하지만 그것은 어디까지나 래글스의 잘못이다. 그가 시카고에 대한 느낌을 시로 남겼다면 좋았을 것이다.

피츠버그를 떠올리면 독스태더 악극단이 역에서 러시아어로 〈오셀로〉를 공연하는 것이 생각났다. 피츠버그는 우아하고 마음까지 넓은 귀부인이었다. 또한 비단 드레스에 하얀 염소 가죽 슬리퍼를 신고 접시를 닦으면서 따뜻하고 마음 놓이게 만드는 여자이자, 래글스를 활활 타오르는 벽난로 앞에 앉히고 족발 구이와 감자튀김을 곁들여 샴페인을 권하는 여자이기도 했다.

뉴올리언스는 높은 발코니에 서서 그를 가만히 내려다볼 뿐이었다. 그래서 그는 별처럼 반짝이는 여인의 눈빛과 그녀가 부채를 펄럭이는 모습 외에는 다른 그 무엇도 발견할 수 없었다. 어느 날 새벽, 그는 붉은 벽돌이 깔린 길에서 그녀와 한 번 마주할 수 있었다. 그녀는 양동이로 물을 퍼서 인도에 뿌리고 있었다. 그녀는 웃으면서 상송을 흥얼거렸지만, 래글스의 구두에는 얼음처럼 차가운 물이 가득 찼을 뿐이었다. 뉴올리언스에 대한 기억은 여기까지였다!

보스턴은 시인 래글스에게 엉뚱하고 기묘한 도시였다. 그곳은 마치 차가운 헝겊과도 같았다. 이 헝겊은 식은 차를 비운 래글스의 이마에 꽉 묶인 채 불확실한 정신적 노력을 가중하도록 만들었다. 어찌 되었든 그는 생계를 위해 쌓인 눈을 치우는 일을 하게 되었는데, 이마에 두른 헝겊 조각이 젖어서 머리를 꽉 조이는 바람에 이마에서 벗겨 낼 수 없었다.

이게 무슨 당황스럽고 알아들을 수 없는 황당한 이야기인가 싶을 것이다. 하지만 이 일 전부가 시인의 환상이라는 것을 알게 된다면, 불만을 치워 버리고 오히려 감사한 마음이 들 것이다. 이 이야기를 시로 감상하고 있다고 생각해 보라!

어느 날, 래글스는 거대한 도시 맨해튼으로 가서 그 도시의 심장을 덮쳤다. 맨해튼은 지금까지 만난 도시 중 최고라고 할 수 있었다. 그는 이 여인의 음악을 오선지에 옮기고 싶었다. 그녀를 맛보고, 평가하고, 풀어 보고, 해석해서 이름을 붙여 주고 싶었다. 이 여자의 개성을 발견해서 자신의 속살을 보여 준 다른 도시와 함께 나란히 두고 싶었다. 자, 이제 래글스를 읽어 내는 일은 그만하고, 그의 삶을 기록해 보도록 하자.

어느 날 아침, 래글스는 나룻배에서 내려 허탈한 세계주의자의 표정을 짓고는 맨해튼의 중심가로 들어섰다. 그는 '누군지 모를 사람'이라는 역할을 위해 신경 써서 옷을 입었다. 그는 어떤 나라나 인종, 계급이나 파벌, 조합과 정당, 심지어 볼링 협회조차도 관련 있을 것 같아 보이지 않았다. 키는 다르지만 가슴둘레가 똑같은 여러 시민에게서 하나씩 따로 얻어 입은 그의 옷은, 대륙 저편의 재단사가 여행 가방, 멜빵, 비단 손수건, 진주 커프스단추 등과 함께 열차 편으로 보내 준 맞춤복보다 몸에 꼭 맞았다. 은하계의 무수한 별 중에서 새로운 별을 찾는, 어쩌면 새로운 별자리를 찾은 천문학자와 같은 열정으로 래글스는 도시 곳곳을 찾아 헤맸다. 물론 돈은 한 푼도 없었다. 시인은 그런 법이었다.

늦은 오후 무렵, 소란스러운 곳을 빠져나온 그의 얼굴에는 말로 설명할 수 없는 공포가 깃들어져 있었다. 그는 당황했고 혼란스러워했으며, 좌절감 안에서 두려움에 떨었다. 다른 도시는 이렇지 않았다. 다른 도시는 두꺼운 입문서를 읽는 것 같다거나, 시골 아가씨의 마음을 조급하게 살피는 것 같았고, 정답을 보낼 때 구독료를 함께 보내야 하는 단어 맞히기 게임을 하는 것 같았고, 접시에 담긴 굴을 삼키는 것과 같았다. 그러나 맨해튼은 달랐다. 이곳은 차가웠고 번쩍거렸다. 그러면서 말을 아끼는 도시였다. 길가에 서서 주머니 속의 월급봉투를 힘없이 만지면서 진열장 안에 있는, 감히 넘볼 수 없는 4캐럿 다이아몬드를 보는 것처럼 아득하고 불가능한 도시였다.

다른 도시의 인사와는 달랐다. 그들은 소박하지만 친절을 베풀기도 했고, 서툴지만 인간적인 적선이 있었다. 정겨운 욕설이나 수다스러움 혹은 호기심을 보이기도 했고, 대부분은 그저 평범한 무관심이었다. 하지만 맨해튼은 도무지 알 수 없었다. 자신과 이 도시의 사이에 높은 벽이 세워져 있는 것 같았다. 그 도시는 건널 수 없는 강처럼 그를 신경 쓰지 않고 거리로 흐르고 있었다. 그를 쳐다보는 눈길 하나 없었고, 말을 거는 이도 없었다. 숯이 묻은 까만 손으로 그의 어깨를 두드려 주던 피츠버그, 험악하지만 친근하게 소리를 질러 대던 시카고, 안경 너머로 맥없이 측은하게 자신을 바라보던 보스턴, 아무 악감정도 없이 느닷없이 발길질하던 루이스빌과 세인트루이스까지. 그는 그 모든 것이 갑자기 그리워졌다.

여러 도시의 성공적인 구혼자 래글스는 브로드웨이에서 마치 시골에서 막 올라온 사람처럼 쭈뼛쭈뼛 서 있었다. 난생처음 그는 철저하게 무시당했다는 모멸감을 제대로 맛보고 있었다. 이 화려하고 변화로 가득한 곳, 얼음처럼 차가운 도시의 정체가 무엇인지 아무래도 짐작할 수 없었다. 래글스는 시인이었지만 맨해튼은 그에게 개성 있는 비유법이나 다른 도시와 비교할 만한 요소, 말끔한 얼굴에 묻은 티끌이나 도시의 모양과 구조를 살피기 위해 붙잡을 손잡이도 전혀 허락하지 않았다. 다른 도시에서는 이런 것들을 쉽게 찾을 수 있었는데 말이다. 이곳의 주택들은 방어용 총구까지 마련된 끝없이 펼쳐진 성벽 같았고, 주민들은 밝은 표정으로 떼 지어 다녔지만 사실은 유령처럼 사악하고 이기적이며 잔인했다.

래글스의 영혼을 가장 무겁게 짓누르면서 그의 시인적 환상을 막는 것은 바로 절대적인 이기주의였다. 사람들은 물감에 젖은 장난감처럼 영혼 깊숙한 곳까지 이기주의에 물들어 있었다. 만나는 사람들은 전부 혐오스럽고 무례했으며, 건방진 괴물 같아 보였다. 그들은 이미 인간성이 사라진 상태였다. 돌멩이에 겉옷을 걸친 채 걸음걸이마저 서툰 우상들이었다. 그들은 자기 자신을 숭배하고, 자기 동료 우상들로부터 받는 존경에만 연연했다. 그들의 영혼과 감각은 무거운 대리석 속에서 일깨워 주는 손길도 없이 잠들어 있었다. 얼어붙어 있고, 잔인하고, 달랠 수 없는, 그러면서 침투할 수 없는 모습으로 빚어진 그들은 어떤 기적적인 힘으로 말미암아 몸을 움직일 수 있게 된 것처럼 서둘러 제 길을 떠났다.

래글스는 점차 몇 가지 유형을 발견할 수 있었다. 그중의 한 부류는 눈처럼 하얀 짧은 수염을 달고 있으며, 불그스레한 얼굴에 주름살 하나 없고 눈동자가 무르고 매서운, 귀공자 차림의 노신사였다. 그는 부유하고 성숙하지만 이 도시의 냉랭한 무관심과 같아 보였다. 또 다른 부류는 강철에 새겨 놓은 조각처럼 윤곽이 뚜렷하고 키가 큰 아름다운 여성이었다. 그

너는 말수가 적었고 옷차림이 옛날 공주 같았으며, 빙하에 반사된 햇빛처럼 차갑고 푸른 눈을 가지고 있었다. 또 다른 부류는 꼭두각시들이 사는 이 마을의 부산물 같은 존재였다. 냉혹하면서도 무서울 정도로 말이 없는 이 사람들은 추수가 끝난 밀밭처럼 턱이 넓었고, 얼굴색은 갓 세례를 받은 아이와 같았다. 이들은 프로 권투 선수처럼 주먹을 꽉 쥔 채 큰 덩치로 으스대며 거리를 어슬렁거렸다. 이런 유형의 사람들은 담배 가게 입간판에 몸을 기대고 서서 오만한 태도로 세상을 노려봤다.

시인은 자고로 민감한 생물이다. 래글스는 이 불가사의한 상황을 곧 받아들였고, 절망감에 움츠러들었다. 맨해튼의 차갑고, 수수께끼 같고, 빈정대기 좋아하는, 그래서 이해할 수 없고, 부자연스럽고, 무자비한 표현을 마주한 그는 당혹감을 넘어서 소심한 태도를 보이게 되었다. 이 도시에 과연 심장이 있을까? 이곳의 무감각보다는 차라리 드세지만 거칠고 야한 다른 도시의 발길질, 그리고 될 대로 되어가는 팔자가 훨씬 나았다. 차라리 오만상을 한 여인들이 뒷문에 대고 하는 잔소리, 무료로 점심을 제공하는 옛 분위기의 바에서 일하는 바텐더의 부드러운 심술, 시골 경찰관의 상냥한 폭력이 더 좋을 지경이었다.

래글스는 용기를 내서 거리의 시민들에게 동정을 구했다.

그들은 래글스의 존재를 인식조차 안 한다는 것을 보여 주듯이 눈도 한번 깜빡이지 않고 그를 스쳐 지나갔다. 그는 화려하지만 피도 눈물도 없는 맨해튼은 영혼이 없는 도시라며 혼잣말을 했다. 주민들은 전부 줄에 묶여 조종당하는 꼭두각시나 다름없다고 여겼다. 그는 넓은 황야에 홀로 버려진 것 같은 느낌이었다.

래글스는 거리를 건너가기 시작했다. 그때 강한 바람이 불고, 천둥소리가 들렸다. 이어 쉭쉭 소리가 나더니 무엇인가가 그를 때렸다. 그의 몸은 공중으로 5미터쯤 떠올랐다가 바닥으로 쾅 하고 떨어졌다. 그가 로켓처럼 땅으로 떨어지는 순간, 이 세상의 모든 도시는 산산이 부서져 꿈의 조각으로 변했다.

래글스는 눈을 떴다. 제일 먼저 어떤 향기가 코에 와 닿았다. 천국에서 가장 일찍 봄을 알리는 꽃향기일까? 이내 꽃잎이 떨어지듯 부드러운 손이 그의 이마를 만졌다. 옛날 공주 옷을 입은 한 여인이 푸른 눈동자에 인간적인 동정심을 가득 담은 채 그를 내려다보고 있었다. 머리 아래의 도로 바닥에는 비단과 털가죽이 깔려 있었다. 래글스의 모자를 손에 들고 평소보다 더 붉은 얼굴로 운전자를 나무라고 있는 사람은 이 도시의 부와 성숙의 화신인 노신사였다. 근처 카페에서 널찍한 턱에 어린아이의 혈색을 가진 도시의 '부산물'은 마시면 즐거워질 것만 같은 진홍색 액체를 가득 채운 잔을 들고 왔다.

"여기, 이걸 좀 마셔 보세요."

부산물이 래글스의 입술에 유리잔을 가져다 대면서 말했다.

순식간에 사람들이 몰려들었다. 그들은 전부 걱정스러운 얼굴을 하고 있었다. 멋지게 차려입은 경찰관 두 명이 사람들 틈으로 들어오더니 착한 사마리아인을 밀쳤다. 나이가 들었고 검정 목도리를 두르고 있던 한 부인은 장뇌를 써야 한다고 소리쳤다. 신문을 파는 소년은 진흙 위에 떨어진 그의 팔꿈치 아래에 신문 한 부를 받쳐 넣었다. 활기차 보이는 젊은이 한 명은 공책을 들고 와 그에게 이름을 물었다.

곧 사이렌 소리가 울리더니 구급차가 구경꾼들 사이로 들어왔다. 침착해 보이는 외과 의사가 사건 현장으로 들어왔다.

"좀 어때요?"

그는 능숙하게 물었다. 비단과 공단 옷을 걸친 공주님은 향기가 나는 얇은 천으로 래글스의 이마에서 한두 방울의 피를 닦아 주었다.

"저요?"

래글스는 천사 같은 미소를 띠며 말했다.

"아주 좋습니다."

그는 드디어 이 새로운 도시의 심장을 발견한 것이다.

그는 사흘간 치료를 마치고 회복실로 옮겨졌다. 간호사들이 다투는 소리를 들은 것은 한 시간이 흐른 뒤였다. 알고 보니, 래글스가 먼저 다른 환자를 때려서 다치게 한 것이었다. 그는 화물 열차 충돌 사고로 경상을 입고 입원 중인 환자였다.

"대체 왜 그러신 거예요?"

수간호사가 물었다.

"저놈이 내가 정든 이 도시를 욕했단 말이에요."

래글스가 말했다.

"도시라니요?"

간호사가 물었다.

"그야 뉴욕이지요."

래글스가 대답했다.

도시물을 먹은 사람

나는 궁금한 것이 두세 가지 있었다. 게다가 알고 싶은 것은 참지 못하는 성격이어서 사람들에게 이것저것 물어보기 시작했다.

여자들이 가방 속에 어떤 것을 넣고 다니는지 알아내는 데는 2주가 걸렸다. 그다음에는 매트리스가 왜 두 쪽으로 되어 있는지 알아냈다. 나의 진지한 질문이 사람들에게는 수수께끼같이 들렸는지, 궁금한 것을 물어보면 대부분 사람은 수상한 눈초리로 나를 바라봤다. 몇 번을 물어본 끝에 결국 이부자리를 챙기는 여성들의 짐을 가볍게 하기 위해서 두 쪽으로 만들어졌다는 사실을 알아냈다. 나의 엉뚱함은 멈추지 않았다. 그렇다면 왜 매트리스가 같은 크기로 나누어져 있지 않은가에 대해서도 집요하게 캐묻고 다녔다. 나는 그렇게 사람들의 기피 대상이 되었다.

지식에 대한 궁금증은 세 번째 질문으로 이어졌다. 나는 '도시물을 먹은 사람'의 정체가 궁금해졌다. 이 사람들은 분명히 한 가지 유형에 속할 것이 분명할 테지만 정체가 굉장히 모호했다. 이 말이 상상에서 출발한 것이라고 할지라도, 무언가를 파악하기 위해서는 구체적인 이미지가 필요한 법이다. 예를 들어, 내가 어떤 남자를 상상한다고 해 보자. 그렇다면 머릿속에는 그 남자의 모습이 철판에 새긴 조각만큼 선명해야 한다. 그 남자의 두 눈은 푸른색이었고, 갈색 조끼와 만질만질한 검은색 모직 외투를 걸치고 있다. 그는 항상 햇빛 아래 서서 입안에 무언가를 넣어 씹고 있으며, 엄지손가락으로는 주머니칼을 반쯤 접었다 펼치기를 반복한다. 만약 그가 성공한 사람이라면, 그는 체구가 크고 창백한 사람이 되어서 소매 밑으로 푸른색 토시를 내비칠 것이다. 혹은 볼링장 한가운데서 신발을 닦고 있는 모습을 상상할 수도 있다. 옷 속 어딘가에서는 터키산 보석이 반짝거릴지도 모를 일이었다.

하지만 도시물을 먹은 사람을 묘사하려고 하면 내 상상력의 도화지는 백지가 된다. 막연히 그는 루이스 캐럴의 동화책에 나오는 체셔 고양이 같은 냉소를 만들거나, 소맷부리가 달린 셔츠를 입고 다닌다고만 상상했다. 결국 나는 신문 기자에게 물어보았다.

"글쎄, 도시물을 먹은 사람? 시내에 다니는 부랑자와 클럽에 드나드는 사교가의 중간일 것 같은데. 정확하게 말하기엔 그렇고, 피시 여사의 연회 손님과 비공개 권투 시합의 관람객 사이쯤? 신사들의 사교 모임인 로토스 클럽에는 속하지 않고, 제리 멕지오게한 양철공 협회나 레프트훅 차우더(생선의 살과 조개류를 야채와 함께 넣고 끓여서 만드는 걸쭉한 수프) 협회, 둘 중 어느 한 곳에 속하는 사람이지 않을까. 어찌 되었든 도시물을 먹은 사람이라는 유형은 뭐라 설명할 수 없지만, 건수가 있는 곳이라면 어디에서든 그를 볼 수 있을 것 같군요. 매일 저녁 정장 차림으로 길을 나서고, 시내의 모든 경찰관, 웨이터들과 허물없이 지낼 듯해요. 절대 여자와 함께 여행을 떠나는 법이 없고, 보통 남자와 어울리거나 혹은 혼자 다니는 사람이지 않을까 싶은데요."

기자가 떠난 후, 나는 이곳저곳을 정처 없이 헤맸다. 그때 리알토 극장에서 전구 3,126개가 켜졌다. 사람들은 지나갔고, 그들은 나를 붙잡지 않았다. 음란한 눈빛들이 나를 훑었지만, 그 누구도 내 손가락 하나 만지지 않고 지나갔다. 외식하는 사람, 반건달들, 집으로 가는 사람, 가게 직원, 좀도둑이나 걸인, 배우, 노상강도, 백만장자, 외국인들은 서두르거나 뛰거나, 어슬렁거리거나 살금살금 걸었고, 으스대거나 쫓기기도 하면서 내 옆을 스쳐 지나갔다. 나는 그들에게 관심이 없었다. 그들은 전부 내가 아는 유형의 사람들이었다. 나는 이미 그들의 본질을 파악했고, 그들에 대한 궁금증도 없었다. 나는 그저 도시물을 먹은 사람을 찾고 있었다. 그런 유형이 분명 존재하는데도 그 유형을 빼고 생각한다면, 그것은 안 될 일이었다! 그러니 어서 계속해야 한다.

이야기 하나를 계속해 보자. 일요판 신문을 읽는 가족을 관찰하는 일은 즐겁다. 그들은 각자 신문의 다른 면을 보고 있다. 아빠는 활짝 열린 창문 앞에서 허리를 구부린 채 운동하는 여자의 사진을 유심히 훑어본다. 엄마는 'N···WYO···K' 사이에 빠진 철자가 무엇인지 생각하느라 바쁘다. 나이 든 딸들은 지난 일요일 밤에 어떤 젊은 남자가 회사의 위험 부담을 안고서 주식에 투자했다는 내용이 실린 경제 기사를 열심히 읽고 있다. 뉴욕 공립 대학에 다니는 열여덟 살 된 아들 윌리는 졸업식에 열리는 바느질 대회에서 상을 타고 싶어서 헌 셔츠를 고쳐 입는 방법을 알려 주는 기사를 읽고 있다.

할머니는 부록 만화에 두 시간이나 눈을 빼앗기고 있으며, 갓난아기 토티는 부동산 광고란을 펼치고 아무렇게나 흔들며 까불고 있다. 이런 광경이 독자에게 안심을 주기를 바란다. 사실 이 이야기의 일부분은 삭제하는 게 옳을 정도로 독한 술을 생각나게 만든다.

그래서 나는 카페로 향했다. 그러고는 뜨거운 스카치(스코

틀랜드의 위스키)를 섞고 숟가락을 내려놓자마자 바로 집어 가는 사람을 붙잡고는 물어봤다. 나는 그에게 도시물을 먹은 사람이라는 말을 들었을 때, 떠오르는 이미지를 이야기해 보라고 했다.

"밤을 새워 노는 패거리와 어울리는 놈들이겠지요. 깎여진 산 사이에서 기차에 부딪힌다고 해도 아랑곳하지 않을 화끈한 사람들. 이해가 되나요? 그게 바로 제가 생각하는 도시물을 먹은 사람이에요."

나는 그에게 고맙다고 인사한 후, 자리에서 일어났다.

길가에서는 구세군 아가씨 한 명이 내 조끼 주머니 앞에서 자선냄비를 천천히 흔들었다. 나는 그녀에게 물었다.

"제가 묻고 싶은 게 하나 있는데요. 혹시 오늘 이 거리를 헤매면서 도시물을 먹은 사람이라고 이름 붙일 만한 사람을 만나 본 적이 있나요?"

"아, 어떤 사람을 말하는지 알 것 같아요."

그녀는 살짝 미소를 지으면서 대답했다.

"우리는 그런 사람을 늘 어디에서나 봐요. 그들은 악마의 수호자예요. 만약 군대 병사들이 그들만큼 충성스럽다면, 그 부대의 사령관은 마음이 놓일 거예요. 우리는 그 사이를 오가면서 사악한 그들의 주머니에서 푼돈을 받아 내고 신에게 바치지요."

그녀는 자선냄비를 다시 흔들었다. 나는 그 속에 10센트짜리 동전을 넣었다.

나는 화려한 호텔 앞에서 비평가인 친구가 택시에서 막 내리는 것을 발견했다. 그는 한가해 보였다. 나는 그에게도 질문했다. 그는 내 예상대로 아주 성의 있게 대답해 주었다.

"뉴욕에는 도시물을 먹은 사람이라는 유형이 존재하지. 아주 귀에 익숙하게 들리는 말이야. 그렇지만 그런 유형의 사람이 누구냐는 질문은 난생처음 받아. 이 부류를 정확하게 알려주기란 힘들 것 같지만 생각나는 대로 설명할게. 그들은 무엇이든 확인하고 알아내길 원하는 뉴욕 특유의 병에 걸린 사람들이지. 그들은 구제 불능이야. 매일 저녁 6시가 되면 그들은 움직이기 시작해. 예의나 옷차림에 대해 꼼꼼하게 따지면서도, 끼지 말아야 할 것까지 참견하고 오지랖을 부리지. 그들은 아마 사향고양이나 길까마귀의 일에도 충고할 거야. 그리고 그들은 아주 싸구려 식당에서부터 스카이라운지 식당, 헤스터가에서 할렘가까지 보헤미안처럼 쏘다니는 걸 좋아해. 이 도시에서 그들이 나이프로 음식을 썰어 먹지 않은 곳을 찾을 수가 없을 거야. 자네가 지금 나한테 묻고 있는 도시물을 먹은 사람이란 바로 그런 거야. 그들은 호기심이 많고 뻔뻔해. 하지만 어디에서든 찾을 수 있어. 이륜마차나 금테 두른 담배, 레스토랑의 쿵쾅거리는 음악은 바로 이들을 위한 거야. 그 수가 많지는 않을 거야. 하지만 그들의 움직임은 어디에서든 볼 수 있지.

마침 잘 질문했어. 이 밤의 도깨비 같은 자들이 뉴욕에 어떤 영향을 미치고 있는지는 진작 알고 있었지만, 단 한 번도 진중하게 생각해 본 적은 없었거든. 그런데 지금 와서 생각해 보니 진작 이들을 생각했어야 했다 싶어. 그들이 지난 자리에는 술집과 의류 모델이 생기거든. 이런 사람들 때문에 오케스트라도 헨델의 음악을 그만두고 〈모두 모드의 집으로 가요〉 따위의 곡을 연주하는 거 아니겠나. 우리 같은 사람이 일주일에 겨우 한 번 세상 구경을 하러 나올 때도, 그들은 매일매일 밤거리를 떠돌지. 경찰관이 담배 가게에 갑자기 뛰어 들어와도 우리는 전직 대통령을 떠올리며 거짓 이름을 둘러대고 온 우주를 뒤져서라도 거짓 주소를 전달하지만, 그들은 경찰관에게 눈빛을 한 번 보내고 그저 손가락 하나 다치지도 않은 채 그곳을 안전하게 빠져나오지."

비평가 친구는 잠깐 말을 그쳤다. 아마도 더 적당한 말을 준비하는 것 같았다. 나는 지금이 기회라고 생각하고는 쾌활하게 말했다.

"자네가 그들의 유형을 잘 말해 줬어. 도시인을 유형별로 나열한 전시회에 간 것처럼 아주 생생했어. 그렇지만 나는 실제로 그들을 만나 보고 싶어. 과연 어디를 가야 그들을 만날 수 있지? 어떻게 하면 볼 수 있을까?"

그는 내 말을 듣지도 않았는지 계속 자기 이야기를 이어 나갔다. 그를 내려 준 택시 운전사는 그가 요금을 내기를 기다리고 있었다.

"그들은 지독한 참견꾼들이야. 남을 귀찮게 하는 데는 따라갈 사람이 없어. 순수하지만 조금의 빈틈도 보이지 않는 부류야. 호기심이 가득한 사람들. 하지만 그들에게는 자기 코에 들어오는 공기조차 새로운 감각이야. 한 가지의 대답을 얻어내면 새로운 질문을 찾아서 다시 먼 길을 떠도는 사람이고, 인내심도 강한……."

"미안하지만."

나는 그의 말을 잘랐다.

"그렇게 떠들지만 말고 직접 보여 줄 순 없을까? 나는 본 적이 없는 유형이란 말이야. 꼭 연구해야만 하는 부류라고. 그들을 찾아서 볼 수 있을 때까지 온 마을을 뒤지고 다닐 거야. 이곳 브로드웨이에는 분명 있을 거야."

"나는 지금 이곳에서 식사하려던 참인데, 같이 갈래? 만약 이곳에서 내가 생각하는 도시물을 먹은 사람이 보인다면 딱 짚어 줄게. 이곳을 찾는 단골손님을 거의 다 알고 있거든."

"나는 아직 저녁을 먹을 생각이 없어."

나는 그에게 말했다.

"나는 이만 실례할게. 오늘은 배터리 공원에서부터 코니 아일랜드까지 가야 한다 해도 꼭 오늘 밤 안으로 그들을 찾아낼 생각이거든."

나는 호텔을 빠져나와 브로드웨이로 향했다. 도시물을 먹은 사람을 찾는다는 것은 내 인생에 기분 좋은 자극제였다. 이렇게 큰 도시에서, 게다가 복잡한 이곳에서 다양한 사람이 산다는 사실 하나만으로도 즐거웠다. 나는 유유히 거리를 걸었다. 위대한 고담 시민으로 장엄하고 활기찬 뉴욕의 부분을 공유하고, 그 영광과 명성의 특권을 누린다는 생각만으로도 내 가슴은 부풀어 올랐다.

나는 차도를 건너기 위해 돌아섰다. 그때 윙윙거리는 벌의 소리가 들렸고, 곧이어 산투스두몽의 비행기를 탄 것처럼 장시간 비행하는 기분이 들었다.

눈을 뜨자 휘발유 냄새가 났다. 나는 큰 소리로 말했다.

"아직도 차가 지나가지 않았나요?"

간호사는 별로 부드럽지 않은 손을 올려 열이 없는 내 이마를 짚었다. 젊은 의사가 들어오더니 나에게 아침 신문을 건넸다.

"사고가 어떻게 일어났는지 궁금하시지요?"

의사는 쾌활한 목소리였다. 나는 기사를 읽어 내려갔다. 전날 밤 내 귓가에서 윙윙거리는 그 벌의 소리가 사라진 순간

부터 시작되었다. 기사의 마지막은 이러했다.

　"……벨뷰 병원에서 밝힌 바로는 부상은 그리 심각하지 않다고 했다. 이 사건의 부상자는 전형적인 '도시물을 먹은 사람'으로 보인다."

카페 안의 세계주의자

자정이 되어 가고 있었지만, 카페 안은 여전히 사람이 붐비고 있었다. 우연히도 내가 앉은 자리는 사람들의 눈에 띄지 않았고, 그래서인지 옆에 놓인 빈 의자 두 개는 몰려 들어오는 손님을 향해 두 팔 벌려 누구든 앉아 주기를 기다리고 있었다.

그때 세계주의자 한 사람이 들어와 그중 한 의자에 앉았다. 나는 기뻤다. 에덴동산의 아담 이후로 진정한 세계 시민은 존재하지 않는다는 게 평소 내 생각이었기 때문이다. 우리는 세계주의자라는 존재에 대해 들은 적은 있지만, 여러 국가를 돌아다니면서도 우리가 보는 사람은 타국의 여행객일 뿐 진정한 세계주의자는 아니었다.

이제 여러분은 이 카페의 풍경을 머릿속에 그려야 한다.

대리석 탁자, 벽에 나란히 붙은 가죽 소파와 웃음이 많은 손님들, 정장을 말끔하게 차려입고서 세련된 말투로 취미나 경제, 부와 예술을 이야기하는 여자들, 팁을 받으려고 부지런히 뛰어다니는 종업원들, 여러 작곡가의 다양한 음악, 떠들어 대는 목소리들, 웃음소리, 그리고 마치 가지 끝에 매달린 잘 익은 버찌가 어치의 부리 쪽으로 기운 것처럼 뾰족하고 기다란 잔에 든 뷔르츠부르크산 와인을 입으로 가져가는 사람들. 나는 모치 펑크에서 온 조각가에게 이곳이 진정으로 프랑스 파리의 카페와 닮았다고 들었다.

러시모어 코글런이라는 이름의 세계주의자는 내년 여름에는 자기가 코니아일랜드에서 머문다는 소식을 들을 수 있을 것이라고 말했다. 그의 말에 따르면, 그곳에 가면 기분 전환을 할 수 있는 새로운 구경거리를 만들 수 있다고 했다. 그의 말은 지구의 위도와 경도를 따라 제멋대로 움직였다. 커다랗고 둥근 지구, 이 세계를 우습다는 듯이 손 위에서 쥐락펴락하는 모습은 거만해 보일 정도였다. 그의 눈에는 이 세계가 그레이프프루트에 든 버찌 씨보다 크지 않은 것 같았다. 그는 경멸하는 목소리로 적도에 대해 말했고, 대륙과 대륙을 넘나들며 열대나 한대 등 기후대에 대해서도 우습게 말했다. 심지어 냅킨으로 넓은 바다를 닦아 내기까지 했다. 또한 그는 손을 저으면서 인도의 하이데라바드 시장에 대해 떠들었는데,

그의 이야기는 순식간에 라플란드에서 스키를 타고 있다가 갑자기 남태평양의 카나카 족과 함께 킬라이카히키 섬으로 이동해 파도 위를 떠돌았다. 잠깐 눈을 깜빡이면 아칸소 참나무 늪으로 끌려갔다가, 아이다호 목장에 펼쳐진 알칼리성 평원으로 따라가 잠시 옷을 말리고, 어느새 빈 대공들의 사교계 한복판으로 떨어졌다. 그러다가 잠시 후 시카고 호수에서 부는 미풍 때문에 감기에 걸린 일과 부에노스아이레스의 에스카밀라 노인이 추출라 차로 치료해 준 이야기를 했다. '우주, 태양계, 지구, 러시모어 코글런 씨'라고 주소를 적어 보내도 그에게 편지가 배달될 것 같은 느낌이었다.

드디어 나는 아담 이후 진정한 세계주의자를 만났다는 생각이 들었다. 그의 강연을 듣는 내내 혹시 그의 말에서 평범한 세계 여행자들의 지역적 색이 드러날 것 같아 두렵기도 했다. 하지만 그의 의견은 절대 가볍지 않았고, 의견이 흔들리거나 늘어지지도 않았다. 그는 바람이나 중력처럼 어느 대륙이나 나라, 도시에 치우쳐 있지 않았다.

러시모어 코글런이 이 작은 행성에 대해 떠들고 있는 동안, 나는 미소를 짓고 전 세계를 위해 노래하는 시를 쓰며 뭄바이를 위해 평생을 바친 키플링을 떠올렸다. 그는 그나마 세계주의자에 근접한 사람이었다. 키플링은 그가 지은 시에서 지구에 있는 모든 도시는 제각각 자부심이 세고 경쟁심이 있어서 "한 도시에서 자란 사람은 이곳저곳을 돌아다니더라도 어린애가 엄마의 치맛자락에 매달리듯, 결국은 자기 도시의 옷자락을 놓지 못한다."라고 썼다. 그리고 소란스러운 이국의 거리를 걸을 때마다 자신의 고향을 떠올리고, 그곳이 가장 믿음직하고 바보 같은 인정이 넘치는 곳이라고 말하며, 살던 도시의 이름만 들어도 끈끈한 친분의 벽이 생긴다고 말했다. 그의 주장이 틀렸다는 것을 확인하자, 나는 흥분되었다. 바로 이곳에서 흙으로 빚어지지 않은 사람을 발견했기 때문이었다. 그는 편협한 마음으로 자기가 태어난 곳이나 나라를 감싸지 않았다. 혹여나 자랑하게 된다면, 그는 달이나 화성 사람들을 향해 이 둥근 지구 전체를 자랑할 사람이었다.

러시모어 코글런 씨의 여행 이야기는 우리 자리에서 세 번째 모퉁이에서 연주하는 밴드 때문에 점점 빨라졌다. 코글런 씨가 시베리아 철도 주변의 지형을 설명하는 동안 밴드는 메들리로 넘어가고 있었다. 마지막 곡 〈딕시〉의 음이 흘러나오자, 거의 모든 테이블에서 박수가 터져 나왔고, 그 때문에 연주 소리는 거의 묻혀 버렸다.

이런 굉장한 광경은 뉴욕의 모든 카페에서 매일 밤 마주할 수 있다. 이런 배경을 설명하는 이야기가 오가는 사이에 수십 톤의 술이 소비된다. 어떤 사람은 해가 떨어지면 뉴욕에 사는 남부 도시 사람들 모두가 카페로 달려간다고 성급하게 추측하기도 한다. 북부 도시에서는 이런 '반동적' 분위기에 손뼉을 치는 것이 약간 이상하다고 생각하지만, 전혀 이해하지 못하는 것은 아니다. 스페인과의 전쟁이나 수년에 걸친 박하와 멜론의 풍작, 예상을 뒤엎고 우승한 뉴올리언스의 경마 선수, 노스캐롤라이나 향우회에 속해 있는 인디애나와 캔자스 주 시민들이 베푼 성대한 연회 몇 차례 때문에 맨해튼에서는 잠시 남부의 분위기가 '유행'한 것이었다. 손톱을 관리해 주는 미용사가 당신의 왼쪽 집게손가락을 보면서 버지니아주 리치먼드에 두고 온 애인과 닮았다고 작게 속삭일지도 모른다. 분명한 일이다. 이제 대부분 여자는 일한다. 알다시피 전쟁 때문이다.

〈딕시〉가 연주되고 있을 때, 머리카락이 검은 청년 하나가 남군 지휘관 모스비가 이끄는 부대 대원처럼 소리를 지르며 갑자기 튀어나왔다. 그러고는 테두리가 부드러운 모자를 들고 광적으로 흔들었다. 그는 연기가 자욱한 홀을 가로질러 우리 쪽 빈 의자에 주저앉아 담배를 꺼내 들었다.

저녁은 닫힌 마음의 문이 열리는 시간이다. 우리 중 누군가가 웨이터에게 술 석 잔을 주문했다. 그러자 검은 머리카락의 청년이 자신의 것도 같이 주문했다는 사실을 알고는 고개를 움직여 인사했다. 나는 평소의 생각을 확인하고 싶은 마음에 그에게 무작정 물었다.

"혹시 어디에서 오셨나요?"

그때 갑자기 러시모어 코글런이 탁자를 주먹으로 내려쳤다. 쾅 하는 소리와 함께 나는 입을 다물었다.

"미안하지만, 저는 그런 질문이라면 정말 질색인 사람입니다. 도대체 고향이 어디인지가 왜 그리 궁금한 거요? 우체국에서나 필요한 주소로 사람을 유추한다는 게 좋은 일 같지는 않네요. 켄터키 사람이지만 술을 싫어하고, 버지니아 사람이지만 포카혼타스의 후손이 아니고, 인디애나 사람이지만 소설을 쓰지 않고, 멕시코 사람이지만 솔기에 은화를 박은 벨벳 바지를 입지 않고, 영국 사람인데 웃기고, 북부 사람인데 돈을 물 쓰듯 하고, 남부 사람인데 피도 눈물도 없는 것 같고, 서부 사람인데 편협하고, 뉴욕 사람인데 너무 바쁜 나머지 팔이 하나뿐인 점원이 봉투에 크랜베리 담는 걸 한 시간 동안 서서 지켜볼 수 없는 것을 수도 없이 보았지요. 사람을 그 사람 자체로만 생각해야지, 어느 지역 출신이라는 딱지를 붙여서 난처하게 만들지는 맙시다."

"미안해요."

내가 말했다.

"그저 호기심에 물었을 뿐이에요. 저는 이 곡을 연주할 때 유난히 열광하고 눈에 띄게 지방색을 표출하며 손뼉을 치는 사람은 뉴저지주 시코커스 출신이거나 이 도시의 머리힐 극장과 할렘 강 사이 지구에 사는 게 분명하다고 믿고 있었어요. 저의 이 생각이 과연 맞았는지 그게 궁금해서 이분에게 물어본 것뿐입니다. 그런데 그때 당신이 조금 심오한 이론을 들고 나선 거지요."

그러자 검은 머리카락의 청년이 나에게 말을 걸었다. 그역시 자기 나름의 확실한 주관이 있는 것이 분명했다.

"저는 한 마리의 페리윙클 새가 되어서 높은 산마루에 앉아 '룰루랄라' 노래를 부르고 싶어요."

그의 말은 신비하지만 애매했다. 이내 나는 코글런을 향해 몸을 돌렸다.

"저는 세계를 열두 번이나 돌았습니다."

그가 말했다.

"저는 넥타이를 사 오라고 신시내티까지 사람을 보내곤 하는 그린란드 우페르나비크 쪽의 에스키모인을 알아요. 그리고 우루과이에서 염소를 키우는 사람이 미시간주 배틀크리크 시에서 주최하는 시리얼 상자 퍼즐 맞추기 대회에서 우승한 것도 보았습니다. 저는 이집트 카이로에서는 한 달, 일본 요코하마에서는 1년이나 방을 빌려 지낸 적도 있어요. 그곳에서는 리우데자네이루나 시애틀에서 어떤 방식으로 달걀을 요리하는지 설명할 필요가 없어요. 이 세계는요, 아주 작습니다. 내 고향이 북부인지 남부인지, 산골짜기에 거대하고 오래된 별장이 있는지, 혹은 클리블랜드 시의 유클리드 가 출신인지, 로키산맥에 있는 파이크스 출신인지, 버지니아주의 페어팩스 출신인지, 홀리건 평원 출신인지 떠들어 봤자 대체 무슨 소용이 있습니까? 내 집이 계곡에 있는 큰 저택이라고 자랑해서 무얼 하자는 거지요? 우리가 우연히 태어난 곳을 고향이라거나 4만 제곱미터가 넘는 늪지대라고 자랑하는 바보 같은 것을 그만둘 때, 세상은 지금보다 더 발전할 거예요."

"당신은 진정한 세계주의자군요."

나는 감탄하며 말했다.

"하지만 그와 동시에 애국심을 우습게 보는 것처럼 느껴집니다."

"그건 석기 시대의 유물일 뿐입니다."

코글런은 강하게 말했다.

"우리는 모두 형제입니다. 중국인, 영국인, 남아프리카의 줄루족, 남미의 파타고니아인, 캔자스시티의 코 강 근처에 사는 사람 전부를 말하는 겁니다. 언젠가는 도시와 주, 지역과 국가에 대한 작은 자존심은 몽땅 사라지고 우리 모두 세계의 시민이 되는 날이 오리라 생각합니다."

"혹시 낯선 여러 땅을 돌아다니면서 특별히 마음에 드는 장소는 없었나요? 그립다거나 하는 그런 곳이요."

"절대! 그런 곳은 없었습니다."

코글런은 내 말을 경망스럽게 가로챘다.

"지구라는 이 행성, 그러니까 둥글고 극지방이 조금 눌린 이 땅덩어리 전체가 제가 사는 곳입니다. 나는 해외에서 목적 의식에 시달리는 미국 시민들을 종종 만났습니다. 베니스의 달빛 아래에서 곤돌라를 타면서 자기네 도시의 배수로가 더 낫다며 자랑질이나 하는 사람들을 봤습니다. 어떤 남부인은 영국 왕을 만나고서는 눈 하나 꿈쩍도 하지 않고, 자기 어머니 쪽 대고모가 찰스턴 퍼킨스 가문과 친인척이라고 떠들더 군요. 내가 아는 한 뉴욕인이 아프가니스탄 무장 강도에게 납치됐는데, 지인들이 몸값을 준 덕분에 교섭 단체와 함께 카블로 돌아왔습니다. '아프가니스탄 사람이 맞나요? 혹시 늦게 풀려난 것은 아니지요?'라고 원주민들이 통역관을 통해 물었 습니다. 그러자 그는 '잘 모르겠습니다.'라고 말하면서 6번가와 브로드웨이를 오가는 어떤 택시 운전사에 대해서 이야기 하기 시작했습니다. 이런 사고방식들은 저와 전혀 맞지 않아 요. 저는 지름 1만 2,000킬로미터가 되지 않는 것에 얽매이는 몸이 아닙니다. 그저 저를 지구 행성의 시민, 러시모어 코글런으로 생각해 주세요."

이 세계주의자는 거창하게 작별 인사를 하고는 자리에서 일어났다. 잡담이 넘나들고 담배 연기가 자욱한 홀 건너편에서 아는 사람을 만난 모양이었다. 그렇게 나는 페리윙클 새가 되고 싶은 검은 머리카락의 청년과 단둘이 남았다. 그는 산마루 정상에서 아름답게 노래할 정신조차 없을 정도로 연거푸 술만 마셔 냈다.

나는 가만히 앉아서 이 명백한 세계주의자를 떠올렸다. 왜 키플링이 시를 쓸 때 그를 빼먹었는지 궁금했다. 그는 내가 발견한 사람이었고, 나는 그의 말을 믿었다.

"한 도시에서 자란 사람은 이곳저곳을 돌아다니더라도 어린애가 엄마의 치맛자락에 매달리듯, 결국은 자기 도시의 옷자락을 놓지 못한다."

하지만 러시모어 코글런은 달랐다. 전 세계는 그의…….

나는 다른 쪽에서 들리는 요란한 소음과 말싸움 때문에 깊은 생각을 멈췄다. 나는 의자에 앉은 사람들의 머리 너머로 러시모어 코글런이 낯선 사람과 싸우는 것을 보았다. 그들은 테이블 사이에서 성난 폭군처럼 싸웠다. 유리잔이 깨졌고, 사람들은 황급히 모자를 들고 일어서려다가 바닥을 뒹굴었다. 갈색 머리 아가씨는 비명을 질렀고, 금발의 아가씨는 〈놀리기〉라는 노래를 부르기 시작했다.

웨이터들은 익숙한 듯 '브이 자' 대형으로 달려들어 두 싸움꾼을 밖으로 끌어냈다. 나의 세계주의자는 그렇게 바깥으로 끌려 나가면서도 당당함과 자존심을 지키고 있었다.

나는 맥카시라는 이름의 프랑스인 웨이터를 불러서 그들

이 왜 싸웠는지를 물었다.

"빨간 넥타이를 맨 남자(그는 바로 나의 세계주의자였다.)가 그 사람 고향의 수도 시설과 도로가 형편없다는 말을 듣고 갑자기 버럭 화내면서 싸움이 일어났어요."

"뭐라고?"

나는 어리둥절할 수밖에 없었다.

"그렇지만 저 남자는 세계 시민인데, 세계주의자란 말이야. 그 사람은……."

"그가 말하길, 자기는 메인주 마타웜키그 출신이랬어요."

맥카시는 말을 이었다.

"누구라도 자기 고향을 욕하는 사람이 있다면 가만두지 않겠다고 했어요."

비법의 술

술집에 성직자들이 찾아와 축복을 내리고, 신의 거룩한 백성들이 칵테일로 만찬을 시작한다는 사실만 봐도 술집에 대해 말하는 것이 나쁜 일이 아니라는 정도는 알 것이다. 음주를 싫어하는 사람이라면 듣지 않아도 괜찮다. 다만 언제나 슬롯머신이 있는 바는 존재한다. 그 기계의 차가운 구멍 안으로 10센트를 넣다 보면 언제나 드라이 마티니로 배를 채우게 된다는 사실을 잊지 않기를 바란다.

콘 랜트리는 케닐리 카페의 바에서 일했다. 손님들이 맞은편에서 거위처럼 외발로 서서 스스로 자신의 주급을 낭비하는 동안 깨끗하고, 얌전하고, 명석하고, 세심하고, 믿음직하며, 책임감 있는 청년인 콘은 하얀 재킷을 입고 손님들의 돈을 받았다.

이 카페는 평행 사변형 모양의 작은 길가 변두리에 있었다. 이 지역의 주민이라고 해 봤자 세탁소를 운영하는 사람들, 몰락한 네덜란드 이민자들, 그리고 이들과 아무 관계 없는 보헤미안들뿐이었다.

케닐리와 그의 가족들은 이 카페를 경영하며 생계를 이어 나갔다. 케닐리의 딸 캐서린은 까만 아일랜드인의 눈동자를 가지고 있었지만, 그렇다고 해서 여러분이 그 눈동자 이야기에 집중할 필요는 없다. 여러분에게는 각자 마음에 드는 애인이 있을 것 아닌가. 캐서린은 콘이 마음에 품고 있는 여자였다. 그녀가 뒤쪽 계단 근처에서 조용한 목소리로 식사와 맥주를 시키면, 그의 심장은 셰이커 속에 담긴 밀크 펀치처럼 아무렇게나 뛰기 시작했다. 로맨스의 규칙은 정해진 질서가 있다. 손님이 주머니 속 전 재산을 다 잃고 마지막 은화를 바텐더에게 건네주면, 바텐더는 그 돈을 모아 사장의 딸과 결혼하게 되는 것이다. 그러고는 모든 일이 술술 풀리게 된다.

하지만 콘의 경우는 달랐다. 그는 여자 앞에만 서면 말문이 막히고 얼굴이 빨갛게 달아올랐다. 그는 칵테일에 취해 시끄럽게 떠드는 젊은이들을 눈길 하나로 제압하고, 소란을 부리는 놈들을 레몬 압착기로 내려치고, 자신의 하얀 넥타이에 주름 하나 잡히지 않고도 시비꾼들을 번쩍 들어 도랑에 내리박는 사람이었지만, 여자 앞에만 서면 말수가 줄어들고 어쩔

줄 몰라 하면서 부끄러움과 곤란스러움이라는 뜨거운 산사
태에 파묻혀 얼굴이 화끈거리는 사람이었다. 이런 사람이 캐
서린 앞에서는 어떠했겠는가, 달콤한 고백은커녕 말 한마디
조차 못 건네고 몸을 떨기만 했다. 태양 같은 여인 앞에서 날
씨 이야기밖에 못 꺼내는, 연애의 기술은 조금도 없는 사람이
었다.

케닐리 카페에 피부가 까무잡잡하게 탄 두 남자가 들어섰
다. 그들의 이름은 라일리와 매쿼크였다. 그들은 케닐리와 진
지한 표정으로 어떤 말을 주고받더니 카페 뒤에 있는 빈방을
차지하고는 병, 사이펀(높은 곳에 있는 액체를 낮은 곳으로 옮길
수 있도록 구부린 관), 컵, 비커 따위를 방 안 가득 채웠다. 술집
에서 파는 술과 비품 종류가 모두 방 안에 있었지만, 그들은
술을 마시지 않았다. 그들은 온종일 땀을 흘리며 이름 모를
술을 한데 섞었다. 라일리는 자신의 지식을 쥐어짜 셈을 해
가며 종이 수천 장에 갤런을 온스로, 쿼트를 그램으로 환산해
적었다. 눈이 붉게 충혈된 매쿼크는 기분이 별로였는지 낮고
허스키한 목소리로 욕을 중얼거렸다. 그러면서 실패한 혼합
주를 하수도에 버렸다. 정체를 알 수 없는 용액을 얻기 위해
쉬지 않고 힘겹게 일하는 모습은 마치 원소를 금으로 바꾸려
는 연금술사 같았다.

어느 날, 저녁 근무가 끝난 콘이 안쪽 방으로 들어가 서성

였다. 그는 아무도 술을 마시러 오지 않는 바에서 일하는 이 이상야릇한 바텐더들에게 직업적으로 호기심이 발동했다. 이들은 케닐리의 산더미같이 쌓인 술을 사용하면서 소득 없는 실험을 하루도 빠짐없이 계속하고 있었다.

캐서린이 뒤의 층계로 내려왔다. 그녀의 얼굴에는 아일랜드 그위바라에 떠오르는 태양처럼 환한 웃음이 담겨 있었다.

"랜트리 씨, 안녕하세요? 오늘은 좋은 소식이 있나요?"

"아, 아마 비, 비가 올 것 같네요."

콘은 수줍음 때문에 벽 쪽으로 달아나며 더듬거렸다.

"좋은 소식이네요. 물보다 더 좋은 건 없지요."

캐서린이 말했다. 안쪽 방에서는 라일리와 매쿼크가 수염이 덥수룩한 마법사들처럼 수상한 혼합주를 열심히 만들고 있었다. 매쿼크는 라일리의 계산에 따라 조심스레 술을 50개의 병에 따른 다음, 이 모두를 큰 그릇에 담아 흔들었다. 그런데 매쿼크는 또다시 욕을 내뱉으면서 그 술을 다 버리고 다시 시작했다.

"앉으세요. 얘기해 줄게요."

라일리가 콘에게 말했다.

"지난여름이었습니다. 나와 매쿼크는 니카라과에 미국식 술집을 열면 돈을 벌 수 있다고 생각했습니다. 해안 마을에 가 봤자 먹을 거라곤 키니네(기나나무의 껍질에서 나오는 쓴맛의 흰색 결정)뿐이었고, 마실 거라고는 럼주뿐 그밖에는 아무 것도 없는 곳이었습니다. 토착인, 외국인 가리지 않고 자리에 누우면 오한에 시달렸고, 고열로 눈을 뜨는 그런 동네였습니다. 이런 열대병에는 잘 섞인 술 한 잔이 좋은 약이라는 걸 알고 있었지요.

그래서 우리는 뉴욕에서 좋은 술과 필요한 기구, 유리그릇을 챙겨 두었다가 영국 배를 타고 산타팔마로 떠났습니다. 항해하던 중에 매쿼크와 나는 날치도 보고, 선장 그리고 선원들과 함께 카드 게임도 했지요. 그때는 벌써 남회귀선을 정복한 술의 황제가 된 것만 같았습니다.

술을 아주 많이 팔아서 큰돈을 만질 생각에 빠져 있던 우리는 정박하기 몇 시간 전, 선장의 호출을 받았습니다. 그리고 우현 조정실에서 기다리고 있던 선장에게 몇 가지 사실을 전달받았습니다.

'내가 깜빡하고 미처 말해 주지 않은 게 있어. 니카라과는 지난달부터 병에 든 제품을 수입하면 48%의 세금을 내야 해. 대통령이 신시내티 발모제를 타바스코 소스로 착각해서 수입하는 바람에 생긴 큰 손해를 만회하기 위한 수작이지. 하지만 통에 든 물건은 면세라네.'

'조금 일찍 말해 주었으면 좋았을 텐데요.'

우리는 이렇게 대답한 후, 선장에게서 160리터짜리 나무

통을 두 개 사고 술병을 모두 열어 그 통에 전부 부어 버렸습니다. 48%의 관세를 내고 나면 우리는 거지가 될 게 뻔했거든요. 그래서 그 술을 버리느니, 1,200달러어치의 칵테일을 만드는 것을 택했습니다.

우리는 육지에 도착하자마자 한 통을 열었습니다. 칵테일은 최악이었습니다. 색은 싸구려 술집에서나 팔 것 같은 콩수프 같았고, 맛은 힘든 일을 겪고 고통스러울 때 고모가 커피 대신 내어 주는 음료 같았습니다. 우리는 원주민 한 명에게 칵테일 네 방울 정도를 맛보라고 줬는데, 그는 사흘이나 코코넛 나무 아래에 누워서는 뒤꿈치로 모랫바닥을 두들기며 뻗어 있었지요. 우리는 추천서에 원주민의 서명을 받는 데에 실패한 셈이었습니다.

그렇지만 다른 한 통은 달랐습니다! 당신은 노란 띠를 두른 밀짚모자를 쓰고 주머니에 800달러를 넣은 채 아름다운 아가씨와 열기구에 올라타서 하늘로 올라간 적이 있나요? 두 번째 통의 칵테일을 서른 방울만 맛보면 그런 기분을 느낄 수가 있지요. 손가락 두 마디만큼 입에 넣게 된다면, 누구라도 너무 기분이 좋아 두 손으로 얼굴을 감싸고 엉엉 울게 됩니다. 권투 챔피언인 짐 제프리스도 한 방에 때려눕힐 수 있을 것 같은 그런 기분 말이에요. 그렇습니다. 그 두 번째 통에 든 술은 전쟁과 돈, 화려한 인생의 정수를 뽑아낸 맛이었습니다.

황금빛을 품고 있지만 유리알처럼 맑은 게 마치 해가 막 떨어진 다음의 저녁처럼 빛났지요. 이런 술을 다시 만나려면 앞으로 1,000년은 더 기다려야 할 것 같았습니다.

우리는 이 술로 장사를 시작했습니다. 한 종류였지만 그것만으로도 충분했어요. 전국 각지에 있는 그 나라의 높은 양반들이 너도나도 사겠다고 모여들었지요. 만약 그 술을 계속 팔 수 있었다면, 그 나라는 세상에서 가장 위대한 나라가 되었을지도 모릅니다. 오전에 문을 열면 장군, 대령, 전직 대통령, 혁명가들이 술을 마시기 위해 한 블록이나 가득 채울 정도로 줄을 서 있었습니다. 처음에는 한 잔에 50센트씩 받았는데, 마지막 남은 40리터부터는 한 모금에 5달러를 받았습니다. 그렇지만 금세 바닥을 드러냈어요. 정말 기가 막히는 맛이었습니다. 사람들은 이 술 한 잔에 그 어떤 일이라도 할 수 있는 용기가 생겼고, 야망과 배짱이 늘었습니다. 게다가 깨끗한 돈, 검은돈을 가리지 않고 미친 듯이 돈을 쓰는 것이었습니다. 이 술통의 배합주가 절반 정도 없어지자, 니카라과 정부는 나랏빚을 갚지 않겠다고 선언하고, 담배 관세를 없앴으며, 미국과 영국에 대해 선전 포고까지 갈 상황이었지요.

우리가 최고의 칵테일을 발견하게 된 것은 우연이었지만, 운만 따라 준다면 그 술을 다시 한번 만들 수 있을지도 모릅니다. 이 일을 시작한 지 이제 10개월이 되어 갑니다, 조금씩 연습하다 보니 술이란 술은 모두 섞어 보았습니다. 그동안 우리가 바닥에 버린 위스키, 브랜디, 코디얼, 맥주, 진, 와인 등등을 전부 합하면 술집 열 곳은 다 채울 양입니다. 이 눈부시게 아름다운 술을 세상에 다시 내놓을 수가 없다니! 이건 막대한 금전적 손해이자 거대한 슬픔과 같습니다. 미국 정부는 이 술을 분명 환영할 것입니다. 그리고 기꺼이 돈을 내고 이 술을 사 마실 거예요."

그러는 중에도 매쿼크는 라일리가 연필로 계산해서 넘겨주는 방법에 따라 여러 가지 알코올을 계량해 한곳에 조금씩 붓고 섞었다. 그렇게 완성된 혼합주는 색이 불쾌하게 뒤섞여 있었다. 마치 초콜릿색 같았다. 매쿼크는 맛을 볼 때마다 매번 다른 욕을 내뱉으면서 하수구에 부어 버렸다.

"사실이라면 정말 신기한 이야기네요. 이제 저녁을 먹으러 가야겠어요."

콘이 말했다.

"그럼 한입 마셔 보세요. 이 잔에는 단지 그 비법의 술만 없을 뿐, 그야말로 모든 술이 다 있습니다."

라일리가 말했다.

"전 물보다 독한 건 입에도 못 댑니다. 조금 전에 캐서린을 만났는데, 그녀가 한 '물보다 좋은 건 없지요.'라는 말이 정답이지요."

콘이 방에서 나가자마자 라일리는 주먹을 휘둘러 매쿼크의 등을 내리쳤다. 그는 거의 쓰러지기 직전이었다.

"자네, 방금 들었어?"

그는 크게 외쳤다.

"우리는 정말 똑같은 멍청이였어. 혹시 배에 있었던 아폴리나리스 생수병 생각나? 무려 72병이 있었지. 그걸 딴 게 너지? 그걸 어느 통에 부었지? 어느 통이냐고!"

매쿼크가 느리게 말했다.

"내 생각엔 말이지. 두 번째 통에 넣은 것 같아. 겉에 파란색 종이가 붙어 있던 그 통이었어."

라일리가 외쳤다.

"이제 모든 게 다 풀렸어! 우리가 놓친 건 바로 그거야. 마법을 부린 재료는 바로 물이었어. 나머지는 다 제대로 했어. 얼른 바에 가서 아폴리나리스 두 병을 가져와. 나는 그동안 혼합 비율을 계산하고 있을게."

한 시간 후, 콘은 인도 위를 천천히 걷다가 케닐리의 카페로 다시 향했다. 원래 충직한 일꾼들은 쉬는 시간에도 온종일 일하던 곳으로 찾아드는 법이다.

경찰차 한 대가 카페 입구에 서 있었다. 실력 좋은 경찰관 세 명이 뒤쪽 계단에서 매쿼크와 라일리를 강제로 끌고 나오고 있었다. 둘의 얼굴은 눈두덩이가 파랗게 멍들고, 피투성이였다. 둘이 거하게 싸움질을 한 것이 분명했다. 그렇지만 그들의 험한 얼굴 상태와는 다르게 그들은 알 수 없는 환희에 사로잡힌 사람들처럼 소리를 질렀다. 그들은 여전히 불씨가 꺼지지 않은 전투욕을 경찰관에게 발산하고 있었다.

"그 안쪽 방에서 둘이 싸웠대."

케닐리가 콘에게 설명했다.

"심지어 노래까지 불렀다고 하더라고! 그게 더 끔찍한 일이야. 잡히는 대로 다 던지고 전부 박살을 냈어. 그래도 나쁜 사람들은 아니야. 전부 보상하겠다고 했거든. 새로운 칵테일을 만들겠다고 실험하고 있었는데, 아마 내일쯤이면 별일 없이 풀려나올 거야."

콘은 전쟁터를 확인할 생각으로 안쪽 방으로 들어섰다. 그가 복도를 지날 때 캐서린이 계단에서 내려왔다.

"또 만나네요, 랜트리 씨."

그녀가 말했다.

"별다른 날씨 소식은 없나요?"

"여, 여전해요. 비가 올 것 같아요."

콘은 부드럽고 창백한 뺨을 붉히며 미끄러지듯 홀을 지났다.

방 안은 술 냄새로 가득했다. 마룻바닥에는 엎질러진 술로 얼룩이 생겼고, 깨진 병과 유리잔이 아무렇게나 널브러져 있었다.

라일리와 매쿼크의 전쟁은 격해 보였지만, 우호적인 부분도 분명 보였다.

탁자 위에는 눈금이 그려진 1리터짜리 유리컵이 있었다. 컵에는 액체가 두 숟가락 정도 남아 있었다. 그것은 그 안에 햇볕을 품고 있는 듯한, 밝은 금빛 액체였다.

콘은 냄새를 맡고 맛을 보더니, 단숨에 그 액체를 들이켰다.

콘이 방에서 나와 홀을 지날 때, 캐서린은 층계를 막 올라가려던 참이었다.

"랜트리 씨, 아직 다른 소식은 없지요?"

그녀는 놀리듯 웃으면서 물었다.

콘은 갑자기 그녀를 번쩍 들어 꼭 안았다. 그러고는 말했다.

"새로운 소식이 있습니다. 우리 둘이 곧 결혼하게 된다는 소식입니다."

"내려 주세요!"

그녀는 화내며 말했다.

"내려 주지 않으면……. 아, 콘. 대체 어떻게 나에게 고백할 용기가 생긴 건가요?"

오 헨리 단편선

The Selected Stories
O. Henry

작품 해설 및 작가 연보

『오 헨리 단편선』 작품 해설

1. 작가의 생애

미국 단편 소설의 대가 오 헨리(O. Henry, 1862~1910)는 1862년 9월 11일, 미국 노스캐롤라이나주 그린즈버러에서 내과 의사인 아버지와 문학적 재능이 뛰어난 어머니 사이에서 태어났다. 본명은 윌리엄 시드니 포터(William Sydney Porter)다. 어릴 때 폐결핵으로 어머니를 잃었고, 아버지는 알코올 의존증에 정신 질환을 앓고 있었다. 그 역시 어머니와 마찬가지로 폐결핵을 앓고 있어서 건강이 좋지 않았다. 그는 할머니와 숙부의 손에서 자라며 교육도 제대로 받지 못한 채 약국을 운영하던 숙부의 일을 도우며 성장한다. 1876년에 린지스트릿 고등학교에 입학하고, 숙부의 약국에서 일한 경험을 바탕으로 1881년에 약사 자격증을 취득한다. 그 후 1882년, 텍사스주로 넘어가 점원과 직공 생활을 하면서 다양한 경험을 쌓는다. 1887년, 25살이 되던 해에 17살의 아솔 에스테스를 만나 결혼하게 된다. 하지만 아내 역시 폐결핵을 앓아 건강이 좋지 않았다. 1891년에는 오스틴 은행에서 근무하면서 주간지를 창간해 신문에 기고함으로써 작가의 길을 걷게 된다. 그러다가 1896년, 예전에 잠시 근무했던 은행에서 공금 횡령 혐의로 수배령이 떨어져 피신하게 된다. 하지만 아내가 위독하다는 소식을 듣고 그녀를 만나기 위해 고향으로 돌아왔다가 체포되어 3년 형을 선고받아 수감된다.

그는 수감 생활을 하면서 틈틈이 습작한다. 그는 '윌리엄 시드니 포터'라는 이름 대신 '오 헨리'라는 필명을 사용하며 작가로서 본격적인 활동에 나선다. 출소 후 뉴욕으로 돌아와 첫 작품집인 『캐비지와 왕(Cabbages and Kings)』(1904)과 단편 「경찰관과 찬송가(The Cop and the Anthem)」를 발표한다. 이듬해 단편 「마지막 잎새(The Last Leaf)」(1905)와 단편집 『400만(The Four Million)』(1906), 『서부의 마음(Heart of the West)』(1907), 『도시의 음성(The Defeat of the City)』(1908), 『운명의 길(Roads of Destiny)』(1909) 등을 차례로 발표하며 활발한 창작 활동을 이어 나간다. 그러다가 그는 1910년 6월 5일, 건강 악화로 세상을 떠난다. 그의 사후에 단편집 『뒹구는 돌(Rolling Stones)』(1912)이 출간된다.

2. 작품 내용 살펴보기

오 헨리는 작가로서 길지 않은 활동 기간에 무려 300여 편의 단편 소설을 남겼다. 이 책에서는 그가 남긴 수많은 단편 가운데 가장 많은 사랑을 받았고, 또 잘 알려지지 않은 그의 작품 중에서 읽어 볼 만한 가치가 있는 단편을 중심으로 엄선했다.

그는 특히 뉴욕에 관심이 많아서 그의 대부분 작품은 뉴욕을 배경으로 하고 있다. 「마지막 잎새」, 「손질된 등불」, 「경찰관과 찬송가」, 「추수 감사절의 두 신사」, 「뉴욕인의 탄생」 등의 작품이 그러하다. 특히 「뉴욕인의 탄생」에서는 맨해튼에 대한 그의 감회가 잘 드러나 있다.

하지만 맨해튼은 도무지 알 수 없었다. 자신과 이 도시의 사이에 높은 벽이 세워져 있는 것 같았다. 그 도시는 건널 수 없는 강처럼 그를 신경 쓰지 않고 거리로 흐르고 있었다. 그를 쳐다보는 눈길 하나 없었고, 말을 거는 이도 없었다.

이 화려하고 변화로 가득한 곳, 얼음처럼 차가운 도시의 정체가 무엇인지 아무래도 짐작할 수 없었다. 래글스는 시인이었지만 맨해튼은 그에게 개성 있는 비유법이나 다른 도시와 비교할 만한 요소, 말끔한 얼굴에 묻은 티끌이나 도시의 모양과 구조를 살피기 위해 붙잡을 손잡이도 전혀 허락하지 않았다. 다른 도시에서는 이런 것들을 쉽게 찾을 수 있었는데 말이다. 이곳의 주택들은 방어용 총구까지 마련된 끝없이 펼쳐진 성벽 같았고, 주민들은 밝은 표정으로 떼 지어 다녔지만 사실은 유령처럼 사악하고 이기적이며 잔인했다.

래글스의 영혼을 가장 무겁게 짓누르면서 그의 시인적 환상을 막는 것은 바로 절대적인 이기주의였다. 사람들은 물감에 젖은 장난감처럼 영혼 깊숙한 곳까지 이기주의에 물들어 있었다. 만나는 사람들은 전부 혐오스럽고 무례했으며, 건방진 괴물 같아 보였다. 그들은 이미 인간성이 사라진 상태였다.

그의 눈에 비친 뉴욕의 맨해튼은 이기적이고 잔인한 도시였다. 그가 활동하던 19세기 말엽에서 20세기 초의 미국은 남북 전쟁을 거쳐 공업화와 산업화가 진행되고 있었다. 이 과정에서 미국은 수많은 발전을 이룩하며 물질적으로 풍요로워졌지만, 이에 따른 부작용도 적지 않았다. 이른바 빈익빈 부익부 현상으로 서민들은 더욱 살기 힘들어졌으며, 경제적으로 부를 거머쥔 사람들도 정신적 빈곤에 시달리는 과도기였던 것이다. 이렇듯 오 헨리는 정서적으로 피폐해진 도시인들의 모습을 비판적으로 바라보면서 한편으로는 안타까운 시선을 보내고 있다.

그가 특히 관심을 가졌던 것은 낮은 곳에 있는 사람들이었다. 적은 돈으로 근근이 생계를 유지해 나가는 소시민, 집 없이 떠도는 부랑자들이 그의 작품의 주를 이룬다. 「크리스마스 선물」, 「메뉴판 위의 봄」, 「마지막 잎새」, 「가구가 딸린 셋방」, 「손질된 등불」, 「구두쇠 연인」 등의 작품에 등장하는 주인공들이 그러하다.

오 헨리의 단편 가운데 가장 유명한 「마지막 잎새」에 등장하는 주인공들 역시 가난한 화가들이다. 폐렴에 걸려 병원에 입원 중이던 가난한 화가 존시에게 의사는 살아날 가능성이 희박하다고 말한다. 그러면서 그는 살고자 하는 의지에 따라 살아날 가능성은 달라질 수도 있다고 덧붙인다. 존시는 창밖을 바라보며 떨어지는 담쟁이덩굴의 잎을 세고 있었다. 무성하던 잎은 어느새 다 떨어지고 얼마 남지 않은 상태였다. 존시는 이제 다섯 개밖에 남지 않은 나뭇잎을 보며 마지막 잎마저 다 떨어지고 나면 그때 자신도 죽게 될 것이라고 말한다. 한편 존시의 병실을 지키던 그녀의 친구 수 역시 가난한 화가였다. 수는 출판사에 제출할 그림을 그리기 위해 이웃에 사는 노인 버만을 불러 모델로 삼는다. 버만 역시 가난한 화가였다. 다음 날, 존시는 커튼을 열고 나뭇잎이 얼마나 남아 있는지 확인한다. 그녀는 간밤에 거센 비바람이 불어서 분명 다 떨어졌을 것으로 생각한다. 하지만 나뭇잎이 한 개 남아 있었다. 그녀는 의아하게 여기면서도 마지막 남은 잎을 보며 삶의 희망을 되찾는다. 의사는 이제 그녀가 살아날 확률이 높아졌다고 말한다. 한편 버만은 폐렴에 걸려 생사의 갈림길에 놓인다. 비바람 속에서도 떨어지지 않고 남아 있던 마지막 잎새는 그가 그린 작품이었다. 그는 존시에게 희망을 주기 위해 간밤에 모진 비바람을 맞으며 나무 위에서 그림을 그렸던 것이다. 하지만 안타깝게도 버만은 세상을 떠나게 된다. 착하고 순수한 존시가 희망을 잃고 죽어 가는 것을 지켜볼 수만은 없었던 버만은 함께 예술을 하는 화가로서 자신을 희생하면서 그녀를 위해 처음이자 마지막인 걸작을 남기고 떠난 것이다. 「마지막 잎새」는 타인을 위한 배려와 희생정신이 잘 드러난 작품으로서 오늘날까지도 수많은 독자의 사랑을 받는 오 헨리의 대표작이다.

「마지막 잎새」와 더불어 우리에게 친숙한 「크리스마스 선물」에는 짐과 델라라는 가난한 젊은 부부가 등장한다. 형편이 좋지 않았던 델라는 남편에게 줄 크리스마스 선물을 마련하기 위해 길고 탐스러운 머리카락을 팔아 백금 시곗줄을 산다. 짐은 조부에게 물려받은 귀한 시계를 가지고 있었으나, 그에 어울리는 시곗줄을 살 형편이 안 되었기 때문에 제대로 쓸 수 없었던 것이다. 델라는 들뜬 마음으로 짐을 기다린다. 하지만 짐 역시 델라의 크리스마스 선물을 마련하기 위해 시계를 팔아 그녀의 머리핀을 산다. 두 사람의 선물은 한동안 쓸 수 없게 되었지만, 그들의 선물만큼 아름다운 선물도 없을

것이다. 오 헨리는 이 작품의 마지막 부분에서 "선물을 주고
받는 사람들 가운데 이 젊은 부부만큼 현명한 사람은 없다는
것이다. 세상에서 이들보다 더 현명한 사람은 없다. 바로 이
들이 동방 박사다."라고 직접 서술하면서 주인공들의 헌신적
인 사랑에 대한 애정을 보여 준다.

　이렇듯 오 헨리는 자신의 작품 속 주인공들에게 연민과 위
로를 보내며 애정을 아끼지 않는다. 「추수 감사절의 두 신사」
에서 오 헨리의 이러한 시선이 잘 느껴진다. 집 없이 떠도는
부랑자였던 스터피는 추수 감사절에 어느 노파에게 후한 대
접을 받아 오랜만에 배부르게 만찬을 즐긴다. 배가 터질 듯
음식을 잔뜩 먹고 공원 벤치로 돌아온 그는 매년 추수 감사절
마다 자신을 찾아오는 노신사와 만나게 된다. 스터피는 이미
음식을 잔뜩 먹은 상태였지만, 9년간 계속된 노신사의 호의
를 거절할 수 없어 그를 따라 식당으로 간다. 그는 음식 냄새
만 맡아도 속이 메스꺼웠지만 많은 음식을 먹는다. 그러고 나
서 두 사람은 헤어진다. 과식한 스터피는 길에 쓰러져 병원으
로 실려 간다. 잠시 뒤 노신사 역시 병원으로 실려 온다. 의사
는 노신사가 사흘간 굶어서 아사 직전이라고 말한다. 노신사
는 자신의 신념을 지키기 위해 형편이 좋지 않음에도 스터피
에게 선의를 베풀었던 것이다. 자신의 희생을 감수하면서 지
켜 낸 노신사의 신념과 타인에 대한 헌신과 사랑이 잘 드러난

작품이다.

이렇듯 오 헨리 작품의 바탕에는 휴머니즘이 담겨 있다. 이러한 그의 정신은 「물레방아가 있는 교회」에서 극대화된다. 레이크랜드에서 800미터 정도 떨어진 곳에 '독수리 집'이라는 낡고 커다란 저택이 있다. 그곳은 산속으로 휴식을 취하러 온 방문객들이 저렴한 가격으로 편안하게 머물다 갈 수 있는 안식처였다. 독수리 집에서 400미터 떨어진 곳에 이제는 작동되지 않는 오래된 물레방아가 있다. 그곳은 한때 에이브럼이 운영하던 제분소였다. 지금은 그가 그곳을 교회로 개조해 놓았다. 사람들은 안식일마다 찾아와 물레방앗간에서 예배를 보고, 이제는 목사라 불리는 에이브럼의 설교를 듣는다. 그는 훌륭한 성품을 지녀서 수많은 사람이 그를 따르고 있었다. 에이브럼에게는 가슴 아픈 사연이 있었다. 그에게는 어글레이어라는 딸이 하나 있었는데, 2년 전에 실종된 것이다. 딸이 돌아오기만을 기다리다가 지친 부부는 먼 곳으로 떠난다. 그곳에서 에이브럼은 현대식 제분소를 운영한다. 다행히 사업은 번창했으나 딸을 잃은 슬픔으로 시름시름 앓던 아내는 세상을 떠나게 된다. 아내가 떠나자 에이브럼은 다시 예전의 물레방앗간을 찾았고, 그렇게 지금의 '물레방앗간 교회'가 탄생한 것이다. 에이브럼은 자신의 슬픔을 극복하고 어글레이어를 기리기 위해 교회를 세운 것이었다. 그는 어글레이어를 기리기 위해 밀가루에 딸의 이름을 붙여 판매한다. 그러고는 재해가 발생한 곳에 어글레이어 밀가루를 무료로 제공하기 시작한다. 그러던 어느 날, 체스터라는 한 아가씨가 레이크랜드로 휴식 차 여행을 오게 된다. 그녀는 에이브럼 목사와 금세 친해져 고민을 털어놓으며 그에게 위로를 받는다. 에이브럼은 딸처럼 여겨졌던 그녀를 유독 잘 보살펴 주었고, 그가 딸을 잃었다는 사실을 뒤늦게 알게 된 체스터는 그에게 연민을 느낀다. 에이브럼은 딸을 잃어버렸던 9월이 되자 슬픔에 잠긴다. 물레방앗간 교회의 건반 소리가 들리자, 에이브럼은 회상에 잠기며 어린 딸을 추억하고 오래전 딸과 함께 부르던 노래를 부르기 시작한다. 그러자 체스터의 기억이 되살아난다. 그녀가 바로 어글레이어였던 것이다. 그녀는 어린 시절 부랑자에게 납치되었던 것이었다. 기적처럼 만난 두 사람은 감격의 포옹을 한다. 잃어버렸던 딸과의 재회는 상실로 말미암은 아픔을 '나눔'이라는 사랑으로 승화시킨 에이브럼의 마음에 감동한 하늘이 내려 주신 선물일 것이다. 사랑과 헌신의 위대함이 잘 드러난 작품이다.

오 헨리는 독자의 예상을 뒤엎는 반전 기법을 종종 사용했다. 「경찰관과 찬송가」, 「20년 후」, 「백작과 결혼식 손님」, 「물레방아가 있는 교회」, 「도시물을 먹은 사람」 등이 그러한 작품에 속한다. 「경찰관과 찬송가」의 주인공 소피는 갈 곳 없는 떠돌이 신세였다. 그는 감옥에서 편히 겨울을 보내기 위해 일부러 상점의 유리창에 돌을 던진다. 하지만 경찰관은 그를 의심하지 않고 다른 사람을 쫓아가게 됨으로써 그의 계획은 실패로 돌아간다. 그는 이번에는 식당에 가서 음식을 먹고 돈을 내지 않으려는 계획을 세운다. 이제는 분명 경찰관에게 붙잡힐 것이라고 기대하지만, 식당 지배인은 경찰에 넘기지 않고 그를 길바닥에 내팽개쳐 버린다. 이번에도 실패한 소피는 비열하고 혐오스러운 치한이 되기로 마음먹는다. 하지만 작전은 또 실패로 돌아간다. 점점 불안해진 소피는 이번에야말로 반드시 경찰관에게 붙잡히겠다고 결심하고는 소란을 피운다. 하지만 이번에도 경찰관은 그의 행동을 대수롭지 않게 넘겨 버린다. 거듭되는 실패로 상심하며 생각에 잠긴 그는 공원 벤치로 돌아가는 길에 교회에서 울려 퍼지는 찬송가를 듣게 된다. 그 순간, 소피는 순수했던 어린 시절로 돌아가 자신의 처지를 되돌아보며 반성하게 된다. 그러고는 내일부터 당장 이 생활을 청산하고 일자리를 구해 봐야겠다고 다짐한다. 하지만 그 순간, 거리를 배회하는 그의 행동을 수상하게 여긴 경찰관이 그를 체포하고, 그는 섬에서 금고 3개월이라는 구형을 받게 된다. 예상치 못한 반전에 독자들은 놀라움과 허무함을 느낄지도 모른다. 오 헨리는 이 작품을 통해 '인생은 뜻대로 되지 않는, 절대 쉽지 않은 것'임을 알려 주고 있다.

「백작과 결혼식 손님」 역시 이러한 반전 기법이 잘 드러난 작품이다. 하숙집으로 돌아온 앤디 도너번은 새로 들어온 콘웨이라는 아가씨와 인사를 나눈다. 그녀는 조용한 아가씨였으며 그에게 별다른 관심을 보이지 않는다. 그러던 어느 날, 그녀가 검은색 드레스에 검은색 베일 차림을 한 것을 본 도너번은 그녀가 미망인이라는 사실을 알게 된다. 그런 그녀에게 차츰 연민을 느끼며 사랑의 감정이 생긴 도너번은 마침내 그녀와 약혼하게 된다. 하지만 도너번은 무슨 일인지 우울해하고, 콘웨이는 그 이유를 묻는다. 도너번은 마이크 설리번이라는 굉장히 유명한 인사를 친구로 두고 있었는데, 그가 자신의 결혼식에 꼭 참석하겠다는 의사를 밝혔다고 전했다. 하지만 도너번은 그를 초대할 수 없어서 슬프다고 말한다. 콘웨이 역시 그에게 한 가지 사실을 고백하며 그동안 자신이 거짓으로 미망인 행세를 했음을 밝힌다. 그녀는 그렇게 함으로써 남자들의 환심을 얻을 수 있을 것으로 생각한 것이다. 그녀가 사랑했던 백작도 그녀가 꾸며 낸 인물이었다. 그러자 도너번은 그녀를 용서하며 지금에라도 사실을 말해 줘서 고맙다고 한다. 그러면서 그는 자신이 가장 친한 친구인 마이크 설리번을 결혼식에 초대할 수 없는 이유를 밝힌다. 그녀의 목걸이와 액자 속에 들어 있던 사진 속 주인공이 바로 마이크 설리번이었기 때문이었다. 거짓을 용서하고 오히려 그 허물을 덮기 위해 애쓴 한 남자의 순수한 사랑과 더불어 반전이 돋보이는 작품이다.

간결하면서도 섬세하고 위트 있는 그의 문체는 단편 소설이 주는 경쾌함과 강렬함에 힘을 더한다. 이렇듯 독자들이 어렵지 않게 다가갈 수 있는 친근함도 오 헨리의 작품이 지닌 장점이다. 특히 「도시물을 먹은 사람」에서는 오 헨리의 위트가 잘 드러난다. 작품에 등장하는 '나'는 '도시물을 먹은 사람'이 대체 어떤 사람인지 좀처럼 감이 잡히지 않아 몹시 궁금해한다. 그는 사람들을 붙들고 '도시물을 먹은 사람'에 대해 질문한다. 그는 수많은 답변을 듣지만, 의문은 명쾌하게 풀리지 않는다. 그러다가 우연히 비평가인 친구를 만나 '도시물을 먹은 사람'에 대한 그의 생각을 듣게 된다.

"그들은 무엇이든 확인하고 알아내길 원하는 뉴욕 특유의 병에 걸린 사람들이지. 그들은 구제 불능이야. 매일 저녁 6시가 되면 그들은 움직이기 시작해. 예의나 옷차림에 대해 꼼꼼하게 따지면서도, 끼지 말아야 할 것까지 참견하고 오지랖을 부리지. 그들은 아마 사향고양이나 길까마귀의 일에도 충고할 거야. 그리고 그들은 아주 싸구려 식당에서부터 스카이라운지 식당, 헤스터가에서 할렘가까지 보헤미안처럼 쏘다니는 걸 좋아해. 이 도시에서 그들이 나이프로 음식을 썰어 먹지 않은 곳을 찾을 수가 없을 거야. 자네가 지금 나한테 묻고 있는 도시 물을 먹은 사람이란 바로 그런 거야. 그들은 호기심이 많고 뻔 뻔해."

친구의 답변에 꽤 만족스러웠던 '나'는 잠시 생각에 몰두 하다가 교통사고를 당하게 되고 병원에 입원하게 된다. 의사 는 사고의 경위가 궁금하지 않느냐며 '나'에게 조간신문을 건 넨다. 신문에는 이런 기사가 실려 있었다.

"……밸뷰 병원에서 밝힌 바로는 부상은 그리 심각하지 않 다고 했다. 이 사건의 부상자는 전형적인 '도시물을 먹은 사람' 으로 보인다."

'나'가 그토록 찾아 헤매고 궁금해하던 '도시물을 먹은 사 람'은 바로 그 자신이었던 것이다. 오 헨리는 이 작품에서 '도 시물을 먹은 사람'을 비판적으로 바라보면서도 위트 있는 반 전을 보이며 작품의 재미를 더해 주고 있다.

3. 마치며
앞서 언급했듯 오 헨리는 생전에 300여 편의 단편 소설을 남겼다. 수많은 작품을 썼기에 비슷한 소재나 주제가 많다는 비판의 시선을 피할 수는 없지만, 그런데도 그의 작품이 우리에게 미치는 영향은 절대 적지 않다.

독자들에게 경계를 풀고 친근하게 다가오는 오 헨리의 단편은 단순하면서도 쉽게 읽히지만, 그 안에 담긴 내용은 절대 가볍지 않다. 불우했던 그의 유년 시절은 그가 수많은 작품을 창작할 수 있는 동력이 되어 주었다. 그는 아픔을 직접 겪어서 외롭고 쓸쓸한 사람들의 마음을 잘 헤아리고 보듬을 수 있었는지도 모른다. 이렇듯 인간에 대한 이해와 사랑이 바탕이 된 그의 작품은 독자들의 마음속에 강렬하고 긴 여운을 남긴다.

오 헨리 단편 속의 주인공들은 우리의 모습이자 우리 이웃의 모습일 것이다. 그가 들려주는 따뜻하고 흥미로운 이야기에 귀를 기울이며 사랑하자. 그리고 함께 나누자.

작가 연보

1862년 노스캐롤라이나주 그린즈버러에서 유명한 의사 출신 아버지와 문학적 재능이 뛰어난 어머니 사이에서 태어남. 하지만 부모님을 일찍 여의어서 숙부의 집에서 생활함. 본명은 윌리엄 시드니 포터.

1876년 린지스트릿 고등학교에 입학.

1881년 숙부의 약국에서 일한 경험을 살려 약사 자격증을 취득함. 이를 바탕으로 감옥에서도 약사로 일하게 됨.

1882년 텍사스주로 넘어가 점원, 직공 등 다양한 일을 함.

1887년 아솔 에스테스를 만나 결혼함.

1891년 오스틴 은행에서 근무하면서 주간지 창간.

1895년 〈휴스턴 포스트〉에서 칼럼니스트로 활동 시작.

1896년 그만둔 은행에서 공금 횡령으로 고소당함. 곧바로 남미로 도망갔지만, 아내의 병환으로 돌아와서 체포됨. 3년간 감옥 생활을 시작함.

1904년 작품집 『캐비지와 왕』 발표. 단편 「경찰관과 찬송가」 발표.

1905년 단편 「마지막 잎새」 발표.

1906년 단편집 『400만』 발표.

1907년 첫사랑이었던 사라 린드시 콜맨과 재혼. 단편집 『서부의 마음』 발표.

1908년 단편집 『도시의 음성』 발표.

1909년 단편집 『운명의 길』 발표.

1910년 과로와 간 경화, 당뇨병으로 뉴욕에서 사망.

1912년 단편집 『뒹구는 돌』 출간.

1917년 사후 최후의 단편집『부랑아와 방랑자들』출간.

1918년 오 헨리 기념상이 창립되어, 매해 가장 우수한 단편소설을 표창하게 됨.

생각뿔 | 세계문학 미니북 클라우드 라이브러리

거장의 숨소리를 만나는 특별한 여행

생각뿔 세계문학 미니북 클라우드 라이브러리는 계속 출간됩니다.
*** 근간 목록은 발간 순에 따라 변경될 수 있습니다.

옮긴이 | 안영준

고려대학교를 졸업했다. '언어적 감각'이 뛰어난 IQ 158 멘사 회원이다. 공립 중등국어교사로 8년 동안 근무했으며 대치동에서 논술 전임강사로 활동하기도 했다. 현재는 1인 지식 창업 및 책 쓰기 코칭을 하며 영한 번역을 하고 있다. 옮긴 책으로는 『1984』, 『데미안』, 『위대한 개츠비』, 『노인과 바다』, 『동물농장』, 『오만과 편견』, 『이방인』 등이 있다.

해설 | 엄인정

국민대학교 국어국문학과를 졸업하고 동 대학원에서 국어교육학을 전공했다. 현재 단행본 편집과 영한 번역 업무를 병행하며 프리랜서로 활동 중이다. 옮긴 책으로는 『데미안』, 『톨스토이 단편선』, 『오만과 편견』, 『카프카 단편선』, 『그리스인 조르바』 등이 있다.

오 헨리 단편선

1판 1쇄 발행 2018년 11월 23일

지은이 오 헨리
옮긴이 안영준
해설 엄인정
펴낸이 생각투성이
편집 박주연, 안주영
디자인 생각을 머금은 유니콘
마케팅 김사랑

발행처 생각뿔
주소 서울시 서초구 반포동 66-1 코웰빌딩 102호
등록번호 제233-94-00104호
전화 02-536-3295
팩스 02-536-3296
커뮤니티 www.facebook.com/tubook2018(페이스북)
e-mail tubook@naver.com
ISBN 979-11-89503-34-5(04800)
　　　　 979-11-964400-8-4(세트)

생각뿔은 '생각(Thinking)'과 '뿔(Unicorn)'의 합성어입니다.
신화 속 유니콘의 신성함과 메마르지 않는 창의성을 추구합니다.